KB196853

김정숙 네번째 희곡집

조선여자전

김 정 숙 네 번 째   희 곡 집

조 선 여 자 전

김정숙 지음

수영낭자傳을 읽다

꽃가마

심청전을 짓다

소녀 girl

춘섬이의 거짓말

도서출판 보는사람들

~

旅情에서 만난 餘情으로 잇고 짓다!

'숙영낭자전을 읽다'에서 '춘섬이의 거짓말'까지
조선여자들의 이야기를 다섯 편이나 쓰게 될 줄은 몰랐습니다.

때때로 저는 제 자신이 지은 작품임에도 불구하고, 하나하나 따로이 지어짐에도 문득 하나의 흐름을 이루는 것을 보고 놀랄 때가 있습니다.
아아, 이렇게 지어지려고 그랬구나!
남의 일처럼 말씀드리지만 사실입니다.

'숙영낭자전을 읽다'는 에딘버러프린지 페스티벌에서 시작되었습니다.
에딘버러 관객들에게 우리 규방 여인들을 보여주고 싶다는 생각이 들며 저도 모르게 규방의 여인들이 숙영낭자전을 낭송하는 장면을 상상하게 되었습니다.
조선의 여인들이 반상과 노소의 구분 없이 어떻게 이야기를 품는가가 화두로 다가왔습니다.
두 번째 '심청전을 잇다'는 천안에 있는 한 고등학교 특강 중에 '심청이'

를 아는지 묻는데 300여 학생들 가운데 심청이를 아는 학생이 20여 명도 안 되어 깜짝 놀랐던 것이 이유가 되었습니다.

우리 고전을, 청이를 모르다니! 심청이를 지었던 마음을 찾아 잇고 알리는 것은 작가로서 매우 중요한 일이라고 여겨서 짓게 된 것입니다.

'소녀'는 조선 여인의 절망이 고스란히 담긴 이슈로서 미얀마에서 돌아온 정신대 할머니의 유골을 받아들이지 못하는 한 가족을 통해 오늘날에도 극복되지 못하는 조선 여인들의 끝나지 않는 고통 이야기를 지었습니다.

네 번째 '꽃가마'는 조선 여인들의 고통을 이기는 힘에 대해 알아보고자 노력한 작품입니다. 환향녀를 죽이려는 가족과 살리려는 사람들의 갈등을 통해 생명을 지키려는 희망이 있음을 발견하는 것이 작품의 화두가 되었습니다.

마지막 '춘섬이의 거짓말'은 조선여자전의 마지막 작품입니다. 흔히 저출산의 대표적인 나라로 무너져 내리는 대한민국의 상징인 불안사회의 여러 징후들을 바라보며, 저는 이 모든 것의 원인 중 '어머니의 부재 — 실종'이 있음을 생각하게 되었습니다.

BBC가 한국의 저출산을 다루는 프로그램에서 가임기의 여성이 임신을 하지 않는 이유에서 "행복한 어머니를 보지 못했다. 그래서 나는 어머니가 되지 않기로 했다"는 말이 설득력 있게 다가왔습니다.

반면에 무책임한 임신과 양육으로 불안가정을 만들어내는 청소년 출산을 바라보며, 사회적 지원도 중요하지만 제일 중요하게 생각되는 것은 여성 스스로 '어머니'라는 존재를 발견하고 존중하는 마음을 되살려야 우리 사회가 건강해진다는 생각으로, 홍길동의 어머니 열여덟 살 춘섬을 찾아내게 되었습니다.

〈홍길동전〉의 단역이지만 홍길동을 낳는 여성으로서 수고는 다르지 않을 것이며, 자식을 낳는 소망을 빌고 낳는 과정에서 홍 대감의 씨종과 첩년이라는 굴레 안에서 '어머니'라는 의미를 품고 빚어 나가는 춘섬이를 만나게 된 것입니다. 춘섬이와 조선의 여인들이 절망의 조선에서 찾아내는 삶의 의미는 오늘 보아도 눈물겹습니다.

이야기 속에서 자신의 희망과 절망을 녹여내고 새로운 꿈을 지어내던 여인들은 스스로 먼저 새 세상이 되어 이야기를 짓고 주인공이 되어서 드디어 18세 소녀 춘섬이는 자신의 배역을 '나는 어머니다'라고 온 우주에 선언합니다. 차별과 억압 속에서도 먼지처럼 사라지는 뒷전의 무지렁이들이 아니라 자기의 인생을 짓는 작가들이었음을 발견했을 때 저는 박수를 쳤습니다.

'조선여자전'을 보며, 삶의 의미를 찾아 지어 나갔던 여인들이 드러나면서 저는 비로소 제가 무엇을 짓는지 알게 되었습니다.

뒷전의 사람들!

제가 만난 조선의 여인들은 앞전의 튼실한 뿌리였습니다.

그녀들에게서 저는 참생명의 힘을 보았습니다.

스스로 이야기를 짓고 전한 조선의 여인들에게 깊이 감사드립니다.

'조선여자전'을 짓기까지 연극 말고는 할 줄 아는 게 없는 아내를 위해 무한돌봄을 아끼지 않은 남편 이홍국 님의 헌신적인 사랑과 극단 모시는 사람들의 지원 덕분으로 '조선여자전'이 지어졌습니다. 그리고 서울문화재단의 예술창작활동지원의 심사를 맡아서 선정해 주신 김건표, 김수미 선생님 고맙습니다.

덕분에 '조선여자전'이 지어졌습니다.

고맙습니다.

더 노력하겠습니다.

2024년 11월 30일

연극작가 김정숙 드림

— 차례—

숙영낭자傳을 읽다

등장인물

마님

아씨

과수댁

어멈

섭이네

막순이

백선

1. 규방

무대는 규방. 閨房(규방)이라고 함은 집안 깊숙한 내실, 아녀자들이
일생의 대부분을 살아가는 공간을 말한다.

'인자하신 어머님의 손끝의 실은
떠돌이 아들의 몸에 걸칠 옷이라네.
바느질하실 때 꼼꼼이 꿰매심은
행여 더디 돌아올까 걱정하시는 마음.
누가 말했던가, 촌초 같은 아들 마음으로
삼춘 햇살 어머님 사랑 보답키 어려움을….

2. 風景(풍경)

어둠 속
화로에 숨이 들면 불빛이 피어나고
불씨가 등잔에 옮기어져 방안을 밝힌다.
밝아지는 규방에는,
실패에 실을 감는 막순이
인두질하는 향금아씨와 마님
바느질하는 어멈과

다듬이질하는 과수댁과 섭이네까지 규방풍경이 다정하니

들창에 달빛이 좋다.

다듬이질 장단 소리

똑딱 똑딱 똑딱 똑딱 똑똑 딱딱~.

하얀 호청을 맞잡아 팽팽히 늘이고 마주 접어 보자기에 싸서 꼭꼭 밟

아 주름을 펴서 횃대에 널어놓는다.

마님이 아씨에게 인두질을 일러준다.

마님   (아씨에게) 그렇지, 인화낭자가 구석구석 모양을 내고 가다듬어

야 옷맵시가 나오는 게야.

아씨   예.

마님   (딸의 기색을 살피고) 시집살이 어렵다 하나 네가 본성이 무던하니

다 깨우치면 되느니라.

아씨   예, 어머님.

마님   효자의 애일지심 백년이 잠깐이니

잠시 동안 부모 섬기기를 잠시라도 잊을 수 있겠느냐

시부모님을 모실 적에 온순하게 공경하기에 뜻을 두고

지성으로 봉양함에 있어 사정이 있어도 아주 깜박 잊지는 말

고

자주자주 나아가서 시부모 기색 살핀 후에

얼굴색을 부드럽게 하고 목소리를 작게 해서

아침저녁 문안 인사를 드린 후에 음식을 여쭙고

말없이 기다려서 묻는 말씀에 대답하고

찾기를 기다리지 말고 때를 맞추어서 드리고

음식 없다 핑계 대지 말아라.

참된 효성이 지극하면 얼음 속에 잉어가 나오고

눈 속에서 죽순이 오르는 게야.

의복을 드릴 때 날씨를 살펴서 계절에 따라

찾으시기 전에 바치고 품과 길이가 맞는지

진심으로 조심하여야 하느니라. (〈계녀가〉 중에서)

아씨　　(인두질이 서툴러) 앗 뜨거!

마님　　재 떨어진다.

아씨　　(인두질은 무섭다) 예, 어머님.

마님　　화로는 식어 가는데 그렇게 굼떠서야…. 한 번 달군 인두가 식
　　　　기 전에 마무리를 지어야지.

아씨　　(허둥지둥) 예, 어머니.

어멈　　(화제를 돌려) 우리 애기씨 낼 모레면 시집가시네. 낭군님 만나실
　　　　생각하니까 좋으세요?

아씨　　(어머니 눈치 보며) 그러지 마 어멈, 나 무서워.

어멈　　(놀라) 뭐가 무서워요?

아씨　　(어머니 들을세라) 아니야 어멈.

과수댁　(섭이네 바느질을 건너다보며) 무슨 생각을 그리 요란하게 하길래 바
　　　　느질 땀이 널을 뛰어!

섭이네　(깜짝) 널이요? 나 널 안 뛰었어요.
　　　　(잠시) 성님, 널뛰고 싶어요? 호호호.
　　　　우리 성님은 아적도 애여요. 호호호….

과수댁　누가 널뛰고 싶대? 바느질 말이여, 바느질이 널을 뛴다고. 삐

뚤뻬뚤 아이구, 볼상 사나워.

섭이네   (막순이에게 보이며) 막순아, 널을 뛰냐 어쩌냐?

막순이   (한술 더 떠서) 거기 그네도 탔네요!

과수댁   꽃단장도 안 했는데 어찌 단옷날에도 못 타 본 그네를 바느질을 하면서 타는가. 널도 뛰고 그네도 타고 재주도 좋아.

마님   어디 보자….

섭이네   (옷을 내민다) 요사이 눈이 어두워서 그만….

마님   (보고 내어준다) 바느질은 정성이야.

섭이네   (받으며) 예.

막순이   내가 할 게 이리 줘요. (섭이네 옷을 받아 뜯는다)

과수댁   (깨진 바가지를 건네며) 바가지나 꿰매어!

섭이네   (받으며) 바가지는 지가 잘해요.

섭이네가 다듬잇돌에 앉는다.

어멈   (섭이네 보며) 다듬잇돌에 앉으믄 서방한테 쫓겨나.

섭이네   (내려앉으며) 히히히, 그 멍충이나 쫓겨나지 말래지유.

과수댁   (혼례복 치마를 바느질하며 '치마타령'을 노래한다)

이 치마가 이래도 나라에는 충신 치매
이 치마가 이래도 부모한테는 효자 치매
이 치마가 이래도 가장한테는 열녀 치매
이 치마가 이래도 형제간에 인정 치매
이 치마가 이래도 집안 간에는 우애 치매

이 치매가 이래도 동네 간에 화목 치매
이 치매가 이래도 방에 가면 앉을 치매
이 치매가 이래도 질(길)에 가면 가마 치매
이 치매가 이래도 우리 아씨 새색시 치매 (〈치매타령〉)

어디 우리 애기씨, 기장이랑 맞는가 봅시다.

아씨가 겉저고리, 치마를 벗고 입어 본다.

과수댁   (입혀 보며, 좋아서) 이 눈이 참말로 보배여! 아이고 참 고우시다!
아씨   (부끄럽지만) 고마워요, 과수댁.
어멈   (치마 입어 보는 김에) 마님, 원삼도 다 되었는데 보시겠어요?
마님   볼까?
어멈   막순아. (원삼 가져오너라.)
막순이   예. (알아듣고)

　막순이가 횃대에서 원삼을 가져온다.

어멈   (입히며-모두에게) 잘 맞지요?

　옷도 애기씨도 다 이쁘다.

과수댁   (인정한다) 좋다!
섭이네   (놀라) 애기씨여, 선녀님이여?

마님	(어머니의 눈물) 향금아!
아씨	(딸의 눈물) 어머님!
과수댁	(얼른 벗겨 내며) 어허 부정 타요!
	(혼례복을 막순에게 주며) 막순아.
막순이	예! (막순이 혼례복을 받아 홀린 듯 바라본다.)
과수댁	뭐 하냐?
막순이	예! (얼른 횃대에 건다.)
아씨	(어멈 손을 잡고 치하) 혼례복이 너무 이뻐!
어멈	우리 아씨 잘 사시라고 정성이면 정성이요, 치성이면 치성, 어느 것 하나 빼지 않고 바느질 땀땀이 축수하며 지은 옷이니, 저 옷 입고 혼인하시면 만복이 깃들어 부부간에 금슬 화해하고 가정에 지혜와 복덕이 햇살처럼 스미어 안락 화목하게 될 것이어요.
과수댁	문장 났네!
아씨	모두 고마워요.
과수댁	(책을 가져다 내밀며) 정히나 고마우면 숙영낭자전이나 또 읽어 주시와요!
아씨	또?
과수댁	예!
아씨	그렇게 듣고도 아직도 들을 재미가 남았수?
과수댁	그러게 말이에요. 이목구비가 달라 그런가, 이야기 듣는 구녕마다 재미도 제각각에, 대목 대목이 맛이 다 달라서 어제 들은 재미가 사라지기도 전에 우리 애기씨 이야기 소리가 벌써 또 기다려지니….
섭이네	매월이는 어째 그럴까요? 난 숭내도 못 내것네.

어멈	숙영낭자가 밉지, 미우니께 그러지….
막순이	사랑이 밉지요. 백선군이 품어만 줘도 어디 그래요? 저 아쉬울 때 수청을 들라 했다가 숙영낭자를 만났다고 싹 무시하니 열불이 나지요.
과수댁	그러니까 재미지지!
섭이네	혼례를 치르지 않았다 해도 며느리는 며느린데 오죽 억울하믄 숙영낭자가 지 목숨을 끊는다요.
어멈	본디 시집 밥은 피밥이고, 친정 밥은 쌀밥이여.
아씨	(숙영낭자전은 아무래도) 난 무서워서 싫은데….
과수댁	아이고, 이야기여요 이야기. 다 꾸며 논 이야기….
아씨	(시집갈 사람으로) 그래도 너무 슬퍼….
어멈	그러믄 아씨, 춘향이를 읽을까요?
과수댁	아니믄 거시기, 거기만 읽어요.
아씨	어디?
과수댁	숙영이랑 백선군이 거시기….
막순이	워낭이 녹수 거시기!
섭이네	호호호, 그 대목만 들으믄 자꾸 오줌이 매려요.
과수댁	그렇지 괴기도 먹어 본 놈이 맛을….
어멈	(마님 앞에서 입조심) 어허!
과수댁	무서운 대목은 빼고 재미진 데로만 골라 읽어요.
어멈	그래도 이야기가 구색이 있지….
막순이	아무리 둘이 죽고 못 살아도 다 소용이 없어요.
마님	당연하지. 두 사람이 천생의 인연이라 해도 이승의 법도를 무시하고 혼례를 치르지 않고 사니 그런 사달이 나는 게야. (어멈

어멈	예, 마님. 바리바리 다 꾸려 놓았어요.
과수댁	지는 이자 큰일 났어요. 아씨 시집 가시믄, 지는 누구한테서 또 재미난 이야기를 듣는대요…?
마님	그리 해라. (숙영낭자전을 읽어라) 바느질거리도 남았으니 잠도 쫓을 겸 두루 좋겠구나.
아씨	예, 어머님!
섭이네	매월이 듣는 거유?
과수댁	미워 죽는다고 할 땐 언제고….
섭이네	어이구, 우리 성님이 이렇게두 어리숙하니 으쩜 좋으까? 미운정 고운정도 몰라유?
과수댁	뭐여?
아씨	자꾸 싸우믄 워낭이 녹수랑, 매월이만 빼고 읽을 테야.
과수댁+섭이네	(놀라) 아니여 아니여!

에게) 버선이랑 골무랑 다 되었지?

3. 誦書(송서. 책이 소리가 되다)

아씨는 호롱불을 돋우고 책을 펼쳐 들어 책을 읽는다.
여인들은 바느질로 마음을 모으고 숨을 맞춰 귀를 열고
이야기 들을 준비를 한다.
아씨가 책을 읽는다.
소리가 흘러나온다.

-이하 여인들의 몸짓, 소릿짓은

아씨의 이야기 소리를 받아

여인네 心中(심중)의 이야기와 짝을 이루어 어우러진다.

그러나 이것은 여인들의 마음속에서

제각기 일어나는 일이어서

他人(타인)들은

아무도 모르는 것으로 정하기로 한다.

아씨   (소리조) "유명 조선국 경상좌도 안동 태백산 아래…."

먼데 새소리 들리어 온다.

마님   (나는 이 이야기를 안다 - 돌림소리로)
            "유명 조선국 경상좌도 안동 태백산 아래…."
섭이네   (//) "유명 조선국 경상좌도 안동 태백산 아래…."
어멈   (//) "유명 조선국 경상좌도 안동 태백산 아래…."
막순이   (//) "유명 조선국 경상좌도 안동 태백산 아래…."
과수댁   (//) "유명 조선국 경상좌도 안동 태백산 아~아래 좋다!"

밤 새 소리 - 소쩍, 소쩍!

아씨   "한 선비가 이시되 성은 '백'이요 명은 '성해'라…."
마님   (//) "한 선비가 이시되 성은 백이요 명은 성해라…."
섭이네   (//) "한 선비가 이시되 성은 백이요 명은 성해라…."

어멈	(//) "한 선비가 이시되 성은 백이요 명은 성해라….."
막순	(//) "한 선비가 이시되 성은 백이요 명은 성해라….."
과수댁	(//) "한 선비가 이시되 성은 백이요 명은 성해로구나!"

새 소리 아득하게 스며들고
아씨의 글 읽는 소리가 높아진다.

아씨	충열 백선의 후예로 어려서 과거급제하야 벼슬이 병조참판에 잇더니 소인의 참소를 만나 벼슬을 그만두고 고향에 도라와 농업을 힘쓰니 집안은 부유하나 연당 사십에 일점혈육이 업서 주야로 슬퍼하드니….
여인들	(모두 - 우리는 이야기를 잘 듣겠습니다) "연당 사십에 일점혈육이 업서 주야로 슬퍼하드니…."
섭이네	(하품을 쩌억) 하아아아푸우움~!
아씨	일일은 부인이 가로되, '소백산 주령봉에 들어가서 극진히 삼생기원하면 혹 남녀 간의 소원성취한다 하오니 우리도 정성으로 빌어 보사이다' 하니 상공이 우워 왈 '빌어서 자식을 낳을 수만 있다면 천하에 무자식한 사람이 또 어데 잇사오릿가? 아무러나 부인 소원이 그러하오면 비러 보사이다.'
여인들	(모두 - 아무러나 재밌게 들려주세요.) "아무러나 부인 소원이 그러하오면 비러 보사니다!"

아씨가 청산유수로 이야기를 읽어내니

듣는 여인네의 몸이

소리 따라 이리저리 장단을 맞추나니….

실에 꿰인 바늘이 허공에서 춤을 추고

바느질감이 펄럭!

장단을 맞추며 추는 여인들의 앉은 춤이

그림자와 어우러져 활짝 핀 함박꽃처럼 어여쁘다.

아씨 그날부텀 목욕재계하고 재물을 갖추어 소백산으로 들어가 양인이 정성으로 발원하고 집에 도라오니 부인이 과연 그날부텀 태기 있어 열 달이 지난 어느 날 집안에 운무 자욱하며 향내 진동하며 사내아이를 낳으니 하늘에서 한 선녀 내려와 향수로 아이를 씻겨 부인의 곁에 누이고 말하기를 '이 아기는 천상 선관으로 요지연에서 숙영낭자와 함께 희롱한 죄로 상제게옵서 인간세상에 귀양 보내 그대 집에 태어나게 했나이다. 이 아기는 숙영낭자와 부부간의 인연이 있으니 귀하게 길러 부디 하늘의 뜻을 거스리지 마옵소서.'

재삼 당부하고 올라가거날 부인이 정신을 진정하고 상공을 청하여 선녀 일오던 말삼을 다 난낫치 고하매 상공이 아기를 자세이 보니 얼굴은 관옥 갖고 울음소리는 신선처럼 맑고 깨끗하여 이름을 백선군이라 짓더라. 선군이 점점 자라나매 골격이 뛰어나고 모르는 것이 없어 보는 이마다 칭찬하고 선군이 열다섯 살이 되니 세상 사람들이 이르기를 '선군은 틀림없는 천상의 선관이라' 하더라. 부모 또한 더욱 사랑하여 말하기를 '이제 선군의 배필을 구해야 할 텐데 어떻게 저와 같은 배필을

구하리오?' 하고 매일 선군의 짝이 될 만한 사람을 널리 구하는
것이었다.

막순이,
바느질 않은 춤 짓에
빈녀음(허난설헌) 소리를 얹어 읊는다.
- 다른 이들은 모르는 것으로 한다.

막순이   〈빈녀음(허난설헌)—나의 신세〉

얼굴 맵시야 어찌 남에게 뒤지랴
바느질 길쌈 솜씨 모두 좋건만
가난한 집안에 자라난 탓에
중매 할미 모두 나를 몰라준다오
춥고 굶주려도 겉으로 내색 아니하고
하루 내내 창가에서 베만 짠다네
부모님은 가엽다 생각하지만
이웃의 남들이야 어찌 나를 알리오
밤 늦도록 쉬지 않고 베를 짜노니
베틀 소리만 삐걱삐걱 처량하게 울리네
베틀에는 베가 한 필 짜여 있지만
결국 누구의 옷감이 되려나
가위로 싹둑싹둑 옷 마르노라
추운 밤 끝에 손이 호호 불리네

남의 시집살이 길 옷은 밤낮이건만

이내 몸은 해마다 새우잠인가

(긴 한숨) 에휴우~.

4. 說夜(설야)

섭이네 고개가 방아를 찧는다.

아씨   선군이 하늘이 맺어 준 사랑 - 숙영낭자를 찾아 옥연동으로 가는데, 만학천봉은 병풍처럼 사방에 둘러 있고 연못에는 연꽃이 가득 피었난디, 연못에 늘어진 버드나무는 바람 따라 춤을 추고, 꽃을 찾는 나비는 봄빛을 희롱하여 꽃향기가 옷에 가득 스미니, 여기가 바로 별유천지 무릉도원이더라. 차점차점 드러 가면서 바라보니 쥬렴으로 둘러친 화려한 누각이 공중의 솟아 있고 누각 입구 현판에 '옥연동 가문정'이라 하였더라. 선군이 마음이 황홀하여 불고염치하고 누각 위로 올너가니, 한 낭자가 고개를 숙이고 부끄러워하며 자리에서 일어나 묻기를….

숙영(아씨)   '그대는 누구시길래 마음대로 신선이 사는 누각에 오르시나이까. 그대는 목숨이 아깝거든 얼른 내려가소서.'

백선군(환영)   '나는 산을 구경하러 온 속객인데 이곳 경치가 너무 아름다워

선경인 줄 모르고 마음대로 들어왔나이다. 낭자께서는 부디 무지한 속객을 용서해주소서.'

아씨   선군이 얼핏 보니 꿈에 본 낭자인지라 이때를 놓치면 다시 보기 어려우리라 생각하고….

백선군(환영) '낭자는 저를 모르시겠나이까.'

아씨   숙영이 모르는 척 외면하니 선군이 어쩔 수 없이 돌아서며 하늘을 우러러 탄식하여….

백선군(환영) '밝고 밝으신 하느님, 저를 굽어 살피소서. 부디 천생연분 숙영낭자를 찾아 백년기약을 잃지 말게 하옵소서. 이제 저는 가오니 낭자는 어지러운 마음을 편히 하소서.'

숙영(아씨) '낭군은 가지 말고 내 말을 잠깐 들으소서. 그대가 비록 인간세상에 환생했다고는 하나 어찌 그토록 생각이 없나이까? 아무리 하늘이 맺어준 인연이라 할지라도, 아녀자가 어떻게 한마디 말씀에 출입을 허락할 수 있겠나이까? 낭군은 웃지 그리 생각이 없나이까.'

백선군(환영) '꽃 본 나비가 불이 무서운 줄을 어찌 알며 물을 본 기러기가 어부를 겁내리오? 오늘 낭자를 만났으니, 이제 난 죽어도 여한이 웁나니다.'

숙영(아씨) '저 같은 아녀자를 생각하다가 병이 드니 그것이 어찌 대장부의 행실이라고 할 수 있으리오? 우리 두 사람은 천상에서 죄를 짓고 인간 세상에 내려와 앞으로 삼 년 뒤에 인연을 맺게 되어 있나이다. 삼 년 뒤에 청조로 매파를 삼고 상봉해서 육례를 맺어 백년해로 하사이다. 그러나 만일 우리가 하늘의 뜻을 어기고 지금 몸을 허락하오면 크게 후회할 일이 생기리이다. 그러

니 어려우시더라도 삼 년만 참고 기다려주시옵소서.'

백선군(환영) '내 심정은 지금 일일이여삼추라 삼 년이면 몇 삼추나 되겠나이까. 낭자, 만일 그져 도라가라 하시면 선군의 목숨은 오늘로 끝나리이다. 내 목숨이 황천의 외로온 혼백이 되오면 낭자의 목숨인들 온전하오리까. 엎드려 바라건대 낭자는 송백갓튼 정절을 잠간 굽히시어 낙시의 물닌 고기를 구해주옵소서….'

아씨 …하고, 사생을 결단하니 낭자의 처지가 태산 꼭대기에 선 것처럼 앞으로 나갈 수도 뒤로 물러날 수도 없는지라. 이때 밝은 달빛은 하늘에 가득하고 밤은 깊어 삼경인데 선군이 낭자의 손을 이끌고 이불 속으로 들어가니 낭자도 어쩔 수 없이 따라 들어가 몸을….

밤 새 소리 소쩍, 소쩍!

아씨가 무망중에 벌떡 일어나며 물그릇이 엎어진다.

아씨 (놀래어) 에그머니나, 물그릇이 엎어졌네!

과수댁 (아까워서) 아구구구 '몸을 허락하난지라' 거기 재미가 으뜸인디, 에이구 아까워라. (입맛을 다신다) ㅈㅈㅈ….

5. 놀음!

막순이가

졸고 있는 섭이네를 깨우고

걸레를 찾아 물을 닦는다.

섭이네, 슬그머니 앞치마로 침을 닦는다.

| 과수댁 | (심통) 잠자는 귀신이여….

섭이네   글씨나 말여요. 그냥 응뎅이만 붙이믄 잠이 쏟아져 못살것으니 몸이 아조 이상하네요. 요사이 애를 서나…. 하하하하푸품~

과수댁   우라질, 마당과부 염장을 지르네.

　　　　(몸부림) 아이고, 내 워낭이야 녹수야!

마님　　 혼인을 해야지. 혼인을 해야지. 아이구 육례를 치러야 인연이 맺어지는 것이지. 저들끼리 백날 좋아야 다 허사가 아닌가, 쯔쯧….

과수댁   (막순이를 잡고) 달빛은 하늘에 가득하고, 밤은 깊어 삼경이라….

막순이   (얼굴이 붉어져) 에그머니나!

과수댁   (온몸이 근질거려) 낭자의 손을 끌고 이불 속으로 들어가니~ 아이고!

　　　　오메 오메 저릿저릿~ 오메니나!

　　　　(방바닥에 벌러덩) 과수댁 살려!

섭이네   아이고머니나! 아녀자가 목청이 크믄 과부가 된다는디 (발견) 오메나! 성님은 그래서 과부가 되었어요?

과수댁   뭐여?

어멈　　 (마님에게) 마님 어찌, 군음식으로 입 좀 다실까요?

마님　　 그러게, 입이 좀 마르구먼.

어멈　　 섭이네~! (챙겨 오너라~!)

섭이네   예. (물그릇을 챙겨들고 나간다.)

          (다짐한다) 아씨, 저 없을 때 '매월이 이야기' 하믄 안 되여~.

아씨   알았어.

          여인네들이

          청춘남녀가 되어 사랑을 노는디

          애절하여 장을 녹이고

          사지가 오글오글

          좋다 잘 헌다, 소리하고 - 춤도 추고

          사랑 놀음을 노는데 꼭 요렇게 노드란다.

과수댁외   ('판소리 춘향전 중- 사랑가' 따로 또 함께)

          이리 오너라 업고 놀자.

          사랑 사랑 사랑 내 사랑이야. 사랑이로구나, 내 사랑이야.

          이이이이 내 사랑이로다, 아매도 내 사랑아.

          니가 무엇을 먹으랴느냐? 니가 무엇을 먹으랴느냐

          둥글둥글 수박 웃 봉지 떼뜨리고, 강릉 백청을 따르르르 부어,

          씰랑 발라 버리고, 붉은 점 움벅 떠 반간 진수로 먹으랴느냐.

          아니 그것도 나는 싫소.

          그러면 무엇을 먹으랴느냐

          니가 무엇을 먹으랴느냐? 당동지지루지허니

          외가지 당참외 먹으랴느냐.

          아니 그것도 나는 싫소.

그러면 니 무엇 먹으랴느냐? 니가 무엇을 먹으랴느냐.

앵도를 주랴, 포도를 주랴, 귤병 사탕으 혜화당을 주랴.

아매도 내 사랑아. 그러면 무엇을 먹으랴느냐.

니가 무엇을 먹을래,

시금털털 개살구, 작은 이도령 서는듸 먹으랴느냐.

아니 그것도 나는 싫어.

아매도 내 사랑아.

저리 가거라 뒤태를 보자. 이만큼 오너라 앞태를 보자.

아장아장 걸어라 걷는 태를 보자.

방긋 웃어라 잇속을 보자.

아매도 내 사랑아.

멀리서 개 짖는 소리 들린다.

어멈이 놀래어 얼른 들창을 닫는다.

남정네 발소리 들리고

어멈이 들창구멍으로 발소리의 주인이 이 참봉임을 알리자

과수댁이 몸짓으로 발소리의 주인공인 이 참봉의 흉을 보고

여인들 배를 잡고 웃는다.

대략 흉의 내용으로 보면

'…꼴난 이 참봉일세.

아, 그 영감 거시기가 …

이참봉 마누라는 …

둘이 참말로 거시기를,

그래서 부부라….'

언제나 즐거운 뒷담화!

이 참봉이 요런 흉잽이를 아는지 모르는지

커다란 헛기침 소리로 지나가면

긴 아리랑 (따로 또 같이)

과수댁	누구를 보고자 단장했나. 임 가신 나루에 눈물 비 온다.
후렴	아리랑 아리랑 아라리로구료. 아리랑 고개로 나를 넘겨주소.
막순이	춘하추동 사시절에 임을 그리워 나 어이 살거나.
후렴	아리랑 아리랑 아라리로구료. 아리랑 고개로 나를 넘겨주소.
어멈	아리랑 고개에 주막집을 짓고 정든 임 오기만 고대 고대한다.
후렴	아리랑 아리랑 아라리로구료. 아리랑 고개로 나를 넘겨주소.
마님	우연히 저 달이 구름 밖에 나더니 공연한 심회를 더욱 산란케 한다.
후렴	아리랑 아리랑 아라리로구료. 아리랑 고개로 나를 넘겨주소.

다시 바느질을 한다.

과수댁	옥연동이 어디래요 마님?
마님	글쎄….
어멈	왜, 어딘 줄 알면 명년 화전놀이라도 가게?
막순이	마님, 옥연동은 없지요…?

마님	있다고도 하고, 없다고도 하고….
막순이	옥연동에 가믄 시집을 못 가도 떳떳하게 살 수 있을 거 같아요.
아씨	나도 가고 싶어!
어멈	(마님 눈치 보며) 아이고 큰일 날 소릴!
과수댁	과부 팔자, 밥 먹는 귀신 주제에 어디 가믄 대접을 받을라구요. 그냥 꿈이라도 꿔 보는 거지요….
마님	옥연동이라…. 있어도 없겠구먼. 치마 두른 아낙들이 다 몰려갈 터이니 아마도 세상 안에는 없는 듯하이.

새가 운다.

| 마님 | (손을 움켜쥐고) 아이구머니나! |

마님이 부러진 바늘을 손에 쥐고 놀란다.
모두 함께 놀란다.
과수댁이 등잔불을 돋운다.

어멈	에구에구, 많이 안 다치셨어요?!
마님	피가 좀 나는데 괜찮으이….

어멈이 반짇고리에서 붕대를 꺼내어 얼른 손가락을 싸매어 준다.

| 과수댁 | (바늘 부러진 것을 찾아) 으이구 아까워라! |

그동안 마님 손에서 온갖 재주를 놀더니 이제 명이 다했냐, 어쩌냐? 고생했다 잘 가거라.

(부러진 바늘을 주며) 명복이나 빌어 주세요….

마님   (바늘을 받아) 그럴까.

마님이 부러진 바늘을 쥐고 명복을 빌며 화롯불에 넣으며

〈조침문〉

마님   오호 바늘아 오상지상품배를 올려내어

중국에 중침이냐 양국에 양침이냐

두 돈 주고 너를 사니 시물다섯 한 쌈이라

맏동서 열 낱 주고 둘째 동서 열 낱 주고

질녀 두 낱 주고 내 하나 하였더니

오늘밤 이내 손이 제각 없어

화다닥 지끈둥 부러지니

가슴이 뜨끔하고 두 눈이 캄캄하여

차마 보기 어려워서 두 손으로 급히 주워

화롯불에 안장하고 돌아와 반혼하니

여금 없이 잘 가거라 오호 통재 상향

여인들이 합장으로 빌어 준다.

과수댁   (수틀을 들여다보며) 아유 꽃 좋다. 여기가 옥연동이네! 이제 보니

우리 마님이 옥연동에서 노시네.

마님   수놓는 것이 매일매일 소풍길이지….

막순이   (감상하며) 모란이 활짝 피었네요.

마님   오늘에서야 다 피웠구나.

어멈   꽃 한 송이에 수백 땀을 놓으니 마님이 피우신 게 맞네요.

마님   이 병풍만 벌써 반년 넘게 수를 놓고 있으니 그 말도 그럴듯하구먼….

섭이네가 소반에 물 사발과 군음식거리를 받쳐 들고 온다.

물 사발은 마님이 먼저 자시고, 아씨가 자시고, 어멈이 마시고, 과수댁이 마시고, 마지막 막순이까지 마실라믄 쪼오끔 모자라서 서운하다.

섭이네   (막순에게) 매월이 아적 안 했지?

막순이   안 했수.

아씨   (눈을 비비며) 요사이로 마음을 애써 그런가, 눈이 침침해요 어머니.

어멈   예, 예~. (속바지 주머니에서 동전을 꺼내어 올리며) 여기 우리 아가씨 눈 밝아지는 약 드립니다.

아씨   (받아 주머니에 넣으며) 눈은 밝아졌는데 목이 잠겨 소리가 잘 안 나오니 어쩌나. 이목구비 구녕마다 듣는 재미가 덜하겠네….

과수댁   (동전을 바치며) 이런, 바느질 고맙단 말이
아직 땅에 떨어지지도 않았네.
혼롓날이 넬모렌데 우리 애기씨 목 아프면 안 되지요.
얼른 나으슈!

아씨   (활짝 웃으며) 아이고 신기해라, 동전이 약도 아닌데 목이 활짝
                    개이니 오늘은 꾀꼬리가 노는 듯이 소리가 절로 나오겠지?

과수댁   예, 예, 그러시겠쥬. 어여 꾀꼬리 타령 좀 들어 봅시다.

    여인들이 바느질을 시작하고
    섭이네가 슬그머니 약과를 집어 속바지 주머니에 넣는다.

6. 이야기로구나!

    새가 운다.

아씨   (듣고서) 새가 우네.
              하늘엔 울타리도 없으니
              아무데나 저 가고 싶은 데로
              훨훨 날아가면 될 터인데
              무엇이 서러워 저리도 구슬피 울까요.
              (새야) 너도 옥연동이 그리워 우니?
              (새를 부른다.) 호이, 호이!

어멈   내년에는 풍년이 든다고 소쩍소쩍 운다네요….

과수댁   솥 적어! 솥 적어!

섭이네   참말로?

아씨   풍년 들면 좋지. 이 밤에 홀로 목이 닳도록 울까요….

과수댁   숙영낭자 혼백이 자기 이야기 하는 줄 알고 왔다 가나…. 선군
　　　　이 숙영 가슴에 꽂힌 칼을 뽑아내자 새가 세 마리 퍼덕 하고 날
　　　　아올라 숙영의 유언을 울잖아요. '하면목, 하면목' 뭣이 그리
　　　　면목이 없어 '하면목'이래….

　　　　사이, 잠시 고요….
　　　　모두
　　　　새 소리를 듣는다.
　　　　아씨가 돌아서 눈물을 감춘다.

마님　　　(조용히) 향금아….
아씨　　　(허둥지둥) 각설이라….
과수댁　　(틀렸어요.) 아니여 거시기….
아씨　　　어디…?
과수댁　　(알려준다.) 신혼 거시시….
마님　　　(정신 차려라! 이 대목이다.)
　　　　상공 부부가 동별당에 신방을 꾸리게 하니
　　　　선군과 낭자의 기뻐하는 마음과 사랑하는 마음이
　　　　비할 바가 없더라.
아씨　　　(책을 짚으며) 예, 어머니!
　　　　상공 부부가 동별당에 신방을 꾸리게 하니
　　　　선군과 낭자의 기뻐하는 마음과 사랑하는 마음이
　　　　비할 바가 없더라.
마님　　　(방백) 그렇지….

휴우~! 가마 타고 오던 날이 엊그제 같은데….

아씨　이후로 선군이 잠시도 낭자 곁을 떠나지 않고 희롱하며 지내니 상공 부부는 선군이 학업에 전념하지 않은 것이 민망하나 자식이 오직 선군뿐이라 꾸짖지도 못하난지라….

어멈　(방백) 자식 이기는 부모 없지.

아씨　세월이 흘러 팔년을 지나니 자식 남매를 나앗난지라. 딸의 이름은 춘양이요 아들의 일흠은 동춘이라 하고, 세월이 갈수록 집안의 살림이 더욱 부유하여지니 선군은 동산에 가문정을 짓고 숙영낭자와 더불어 더욱 사랑하며 날마다 노닐더라.

과수댁　(방백) 잠깐이다. 잠깐이야!

아씨　하루는 상공이 선군에게 이르기를 '내 들으니 조만간 과거시험이 있다 하니 너도 한양에 올라 입신양명하여 부모를 영화롭게 하고 조상의 이름을 빛내미 어떠하뇨' 하시고 즉일의 과거 길을 재촉하니, 선군이 대답하여 왈 '우리 집이 천하에 다시없을 만큼 부유하고 노비 또한 천여 명이나 되어, 벼슬아치들이 즐기는 것은 물론이요, 귀와 눈이 즐기고자 하는 것을 마음대로 할 수 있는데 아버님은 무엇이 부족하와 제가 과거에 급제하기를 바라나이까?' 하니 이 말은 잠시도 낭자를 이별하고 떠날 뜻이 업시니라.

막순이　(방백) 나는 언제나 임을 만나 이별 없이 살고지리오.

아씨　선군이 낭자 방의 드러가 부친 말삼을 하며 과거의 아니 가기로 말하니, 낭자가 정색하고 말하기를 '대장부가 세상에 태어나서 입신출세하여 아름다운 이름을 널리 알리고 부모님을 영화롭게 하며 조상을 빛내는 것이 떳떳한 일이거늘 이제 낭군이 첩을 잇지 못하옵고 과거에 안이 가오면 공명도 일(잃)사옵고 또한 부모님과 다른 사람이 첩에게 혹하여 아니 간다 할 것이니, 낭군은 다시 생각하셔서 저를 사랑하시는 마음은 잠시 접으시고 한양을 올라가 장원급제를 하시옵소서. 그러면 부모님께 영화일 뿐 아니라 제 마음 또한 더없이 상쾌할 것이니 그 기쁨 어찌 다 말로 이르리오.' 하고 행장을 차려주며 왈, '낭군이 만일 과거의 안이 가시면 맛참내 사지 아니하오리이이다.'

과수댁   맛참내 지무덤을 파는구나!

아씨   이때가 경인년 춘삼월 보름이라.

선군이 길을 떠나면서 한 걸음 걷고 한 번 돌아보고

두 걸음 걷고 두 번 돌아보니

낭자가 눈물을 흘리며 말하기를 '낭군은 천리 머나먼 길을 평안히 다녀오소서!' 하니 그 소리에 장부의 간장이 다 녹는 듯하더라.

새가 운다.

등잔불이 바람에 흔들리며 깜박인다.

아씨의 이야기를 따라

여인네 모두 이야기에 풍덩 빠져 숙영의 이야기를 연기한다.

백선군   (절절하게) 여보 숙영이, 동춘아, 춘양아. 아버지가 왔다!

숙영   (놀라) 낭군께서는 이 깊은 밤에 어떻게 오셨나이까…?

백선군   하루 종일 한양을 향해 갔으나 도무지 낭자 생각에 음식도 먹을 수 없고 잠도 이룰 수가 없는지라 잠깐이라도 낭자 얼굴이

나 보고 가려고 왔소 그려.

숙영   이처럼 밤에 왕래하시다가 만일 도중에 천금처럼 귀한 몸에
      병이라도 나시면 어찌하려고 이러시나이까.

상공   (기습적으로) 아가, 이게 무슨 소리냐?

숙영   (놀래어) 아버님, 동춘이 잠 깨어 우난 소리입니다.

      (들으라고) 아가야, 어서 자거라.

      (다급히) 서방님, 아버님께서 낭군이 왕래할까 걱정하시어 수시
      로 창밖을 순찰하오니 어서 바삐 숙소로 돌아가소서. 만일 들
      키기라도 하면, 시아버님께서 반드시 저를 꾸중할 것이옵니다.

백선군   사랑을 따르자니 불효가 되고, 부모를 따르자니 이내 사랑이
        우는구나….

상공   (의심하여) 아가, 누가 온 게냐?

숙영   (변명) 아닙니다 아버님.

      매월이를 불러 잠시 적적함을 달래고 있었습니다.

      (제발) 낭군님은 부디 마음을 굳게 간직하고 한양으로 올라가
      소서. 낭군께서 과거에 급제하여 자랑스럽게 내려오시면 그때
      우리 서로 사랑하는 마음을 마음껏 나누사이다.

백선군   그대, 사랑이 가라면 가리다. 아, 과것길이 원수로다! 과거에
        급제한들 무엇 하며, 한림학사가 된들 무엇하리오? 한순간을
        못 보아도 삼 년을 못 본 듯하거늘, 이제 나는 낭자의 말을 들
        어 가려니와 이는 사람이 아니라 귀신이 되어 가는 것이오.

상공   (다음날, 분명히) 아가, 네 낭군이 서울로 간 뒤에 혹 도적이 들까
      하여 내가 집안을 두루 살피던 차에 네 처소에서 남자의 목소
      리가 들려 이상하게 생각했노라. 그런데 어젯밤에 또 다시 네

방에서 남자의 목소리가 들렸으니, 그것이 어찌 된 일인지 사실대로 말하거라!

숙영 밤이면 심심하기에 매월이를 불러 아이들과 함께 이야기를 나누었나이다. 제가 어찌 외간 남자를 방안에 불러들여 이야기를 나누었겠나이까.

상공 (소리쳐 부른다) 매월아!

상공 네가 요사이 낭자의 방에 간 일이 있었느냐?

매월 소인이 피곤하여 요사이 낭자의 방에 간 일이 없나이다.

상공 요 며칠 사이에 밤마다 낭자의 방에서 외간 남자의 목소리가 들리기에 내가 낭자에게 물으니 '밤에 심심하여 매월과 함께 이야기를 나누었다' 했느니라. 그런데 너는 '가지 않았다'고 하니 참으로 이상하도다. 어떤 놈이 낭자의 방에 드나들면서 간통하는 것이 틀림없도다. 너는 낭자의 방을 잘 감시하고 있다가 그놈이 어떤 놈인지 꼭 알아 오너라.

매월 (혼잣소리) 이제 때가 왔구나. 서방님이 숙영 낭자와 배필을 정하기 이전에는 나를 취하여 수청을 들게 하여 외로움을 달래시더니 숙영낭자를 들인 이후 팔 년이 넘도록 나를 한 번도 찾아보지 않으니 이 일 때문에 이 가슴에 첩첩이 쌓인 원한과 내 간장이 굽이굽이 썩는 줄 누가 알리오. 내 이제야 소원을 이룰 듯하다. 내 이 기회를 놓치지 않고 숙영을 음해하여 가슴에 쌓인 원한을 풀고 다시 서방님을 모시리라.

(돌쇠에게) 돌쇠야, 너는 이 금은을 줄 테니 내 말대로 하거라. 요사이 서방님이 과거를 보기 위해 서울에 가 계시니, 너는 여기 낭자의 방 마루 밑에 가만히 숨어 있어라. 내가 지금 바로 상공

의 처소에 가서 여차여차하다고 말하면 상공이 분명 화가 나서 너를 잡으러 여기로 올 것이라. 그때 너는 낭자의 방에서 나온 척 하면서 문을 여닫고 도망가라. 그러면 상공께서 그것을 진짜로 알고 낭자를 추궁할 것이고 낭자는 욕을 피할 수 없게 될 터이니 너는 반드시 지금 내가 말한 대로 하거라.

(소리 지른다) 나으리, 나으리! 상공의 명을 받들어 며칠 동안 낭자의 방을 지켜보고 있었는데 마침 오늘 밤에 어떤 놈이 낭자의 방으로 들어가기에 소인이 몸을 감추고 귀 기울여 들으니, 낭자가 그놈에게 이르기를 '서방님이 서울에서 내려오거든 서방님을 죽이고 재물을 훔쳐 함께 도망가자' 하더이다.

상공	무엇이? 저런 고약한 것들을 보았나! 너는 어서 숙영을 잡아오너라!
상공처	영감, 어찌 가장으로 규방의 일을 논하시오. 제가 차분히 알아서 일러 바치리다.
상공	부인은 나서지 마시오. 차마 입에 담기 어렵고 귀로 들을 수 없이 몸이 오싹하니 장차 하늘이 놀랄 일이 벌어질 지경이오. 어서 들어가시오.
매월	낭자는 들으시오! 상공께서 외간 남자가 낭자의 방에서 나오는 것을 직접 목격하시고 죄 없는 우리를 잡아내 죽도록 문초하시더니 내게 '낭자를 빨리 잡아오너라' 하셨소. 어서 빨리 가사이다.
숙영	그것이 무슨 말인가? 나는 아무것도 모르노라.

매월과 숙영 상공 앞에 나선다.

숙영	아버님, 아직 날도 새지 않았는데 제가 무슨 죄를 지었기에 종들로 하여금 저를 잡아 오게 하셨나이까…?
상공	며칠 전에 내가 너의 침소를 둘러보다가 들으니 네가 분명 외간 남자와 말을 하고 있었는지라. 내가 너의 진심을 모르는 탓에 분함을 잠깐 참고 너의 침소를 엿보니 마침내 어젯밤에도 팔 척이나 되는 건장한 놈이 침소의 방문을 닫고 도망했도다. 내가 그 일을 직접 목격했거늘, 네가 무슨 변명을 할 수 있으리오.
숙영	아버님, 전혀 그러한 일이 없사옵니다.
백선군	(분노) 매월이 네 이년, 어서 바른대로 아뢰지 못할까!
매월	(악을 써) 소인은 모르는 일이오! 숙영낭자가 자살한 것은 천하가 아는 일이고, 내가 칼로 찔러 죽인 바도 아닌데 무엇을 고하란 말씀이오.
상공	이런, 내가 직접 목격한 일도 이렇듯 변명하니 내가 보지 못한 일이야 어찌 말로 표현할 수 있으리오? 어젯밤에 너의 방에서 나온 놈이 어떤 놈이기에 끝까지 나를 속이려 하느냐? 어서 그 놈의 이름을 바로 아뢰어라.
숙영	아무리 시아버님의 명령이 제왕의 위엄처럼 엄숙할지라도 저는 조금도 잘못을 저지른 일이 없나이다. 천지귀신 일월성신은 제게 죄가 있는지 없는지 아실 것이니, 제발 억울하고 원통한 제 누명을 벗겨주소서.
백선군	(치를 떨며) 매월이 네년의 간계인 것을 이미 다 알거늘 저년이 실토할 때까지 매우 쳐라!

매월	(분하여) 그러면 서방님은 나를 품었던 것도 아시오? 내가 지난 8년간 서방님을 기다린 것도 아시오?
상공	내가 끝내 너와 간통한 놈을 찾아내고 말리라.
숙영	간통이라니요 아버님?!
상공	아버님이란 소리 듣기 싫다! 폐백을 받은 적 없으니 며느리라 할 수 없다. 어서 묶어 매우 쳐라.
숙영	아무리 육례를 갖추지 않은 며느리라 할지라도 어찌 제게 이처럼 흉한 말씀으로 꾸짖으시나이까.
매월	(답하라) 서방님을 그리는 나의 정이 어찌 죄가 된단 말이오?!
백선군	듣기 싫다! 어서 바른대로 이르지 못할까!
상공	재상가의 규중에 외간 남자가 출입하는 것만으로도 죽어 마땅한 일이로다. 하물며 네 방에 외간 남자가 출입하는 것을 내 눈으로 직접 보았는데 어찌 너를 범상하게 다스릴 수 있으리오? 어서 매우 쳐라!
상공처	상공께서 눈이 어두워 송죽 같은 절개를 지닌 며느리를 이렇듯 박해하시니 어찌 후환이 없으리오.
백선군	아버님은 어찌하여 저 여우같은 것의 말을 믿어 백옥같이 순결한 낭자를 죽게 하셨습니까?!
매월	나도 사랑했소! 나도 서방님을 사랑했소! 이 몸도 사랑하며 살고 싶어서 내가 그리 했소! 사랑한 죄로 죽으라면 죽으리다.
백선군	저런 발칙한 년, 더러운 주둥아리로 감히 사랑을 입에 올리다니 어찌 너 같은 년을 한순간인들 살려 둘까 보냐, 저년의 주둥

아리를 갈갈이 찢어 죽이라!

숙영　옛말에 도적의 때는 벗어도 창녀의 때는 벗지 못한다 했으니 제가 이런 누명을 쓰고 어찌 살기를 바라겠나이까?!

상공처　이게 다 영감 때문이오. 상공인지 중공인지 망령이 들어 아무 잘못 없는 며느리를 모함해 이 지경이 되었으니 뒷일을 어찌 하면 좋단 말이오.

숙영　어머니, 저 같은 계집이 음행을 저지른 죄로 세상에 알려지게 되었으니 앞으로 자식들은 어찌 얼굴을 들고 살며, 서방님은 무슨 죄로 사람들의 손가락질을 받겠나이까. 낭군이 돌아오신 뒤 얼굴을 마주하기 어려울 것이니 저는 죽음으로 누명을 벗 어 가족들에게 누가 되지 않게 하려 하나이다.

백선군　어여쁜 우리 낭자야! 나를 버리고 어디로 갔소
나도 데려 가시오!
옥 같은 내 사랑 낭자 얼굴 보고지고!
이제 낭자가 죽었으니 어느 천년에 다시 볼꼬!
낭자 없는 세상에 어찌 살리오.
나도 죽어 저승에서 낭자와 상봉하리다.

숙영　슬프다. 내가 죽는 것은 서럽지 않으나 강보에 싸인 자식들은 누구를 의지해 살아가리오. 너희의 앞날을 생각하니 마음이 아득하구나. 낭군님아, 낭군님아, 어서 바삐 돌아와 제 시신을 수습하고 제게 허물이 없음을 명백히 밝히시어, 가슴에 맺힌 한을 풀지 못하고 죽은 제 혼백을 위로해 주소서.

새가 울어,

숙영의 혼백 같은 새가 울어

아씨   (방백) 어머니, 그 사람은 어떤 사람일까요?

　　　　　　 그 사람도 이 도령처럼 키가 클까요?

　　　　　　 저를 보고 웃어 줄까요?

　　　　　　 상처를 하였다 하나 마음마저 떠나보냈을까요?

　　　　　　 어머니는 아셔요?

　　　　　　 그 사람이 이 도령처럼 저를 어여삐 여겨줄까요?

　　　　　　 저를 진정 사랑하여 줄까요?

　　　　　　 어머니, 저는 두려워요, 무서워요….

　　　　 향낭의 〈산유화〉

아씨   (노래한다) 하늘은 어이하여 높고도 멀며

　　　　　　 땅은 어이하여 넓고도 아득한가

　　　　　　 천지가 비록 크다 하나

　　　　　　 이 한 몸 의탁할 곳이 없구나

　　　　　　 차라리 저 강물에 빠져

　　　　　　 물고기 배에 장사 지내리

　　　　　　 (책상 위로 - 마치 낭떠러지로, 올라선다.)

　　　　　　 호이 호이!

　　　　 풍덩! - 하늘로 몸을 던지듯이

　　　　 뛰어 내린다.

새가 날아든다.

신묘장구대다라니(神妙章句大陀羅尼, 신묘한 다라니)
과수댁이 경을 외운다.
아씨는 새를 안으려 돌고 또 돌고
어멈은 화전놀이 춤을 추며
막순이는 아씨의 혼례복을 입고 천지사방에 절을 하는데
마님은 두 다리를 뻗고 앉아 몸부림을 치며 '어머니'를 부르며 운다.
섭이네가 요강에 앉아 시원하게 소변을 본다.
쫠쫠쫠쫠~~~~~~~~~.

과수댁   나모라 다나다라 야야 나막알약 바로기제 새바라야 모지사다
바야 마하사다바야 마하가로 니가야 옴 살바 바예수 다라나
가라아 다사명 나막 까리다바 이맘알야 바로기제 새바라 다바
니라간타 나 막하리나야 마발다 이사미 살발타 사다남 수반아
예염 살바보다남 바바말야 미수다감 다냐타옴 아로계 아로가
마지로가 지가란제 혜혜하례 마하 모지 사다바 사마라사마라
하리나야 구로구로 갈마 사다야 사다야 도로도로 미연제 마하
미연제다라다라 다린나례 새바라 자라자라 마라미마라 아마
라 몰제예혜혜 로계새바라라아 미사미 나사야 나베사 미사미
나사야 모하자라 미사미 나사야 호로호로 마라호로 하례바나
마 나바사라사라 시리시리 소로 소로 못쟈못쟈 모다야 모다야
매다라야 니라간타 가마사 날사남 바라 하라나야 마낙사바하
싯다야 사바하 마하싯다야 사바하 싯다유에 새바라야 사바하

니라간타야 사바하 바라하 목카싱하 목카야 사바하 바나마하
따야 사바하자라가라욕다야 사바하 상카섭나네 모다나야 사
바하 마하라 구타다라야사바하 바마사간타 이사시체다 가릿
나이나야 사바하 먀가라 잘마이바 사나야 사바하 나모라 다나
다라 야야나막알야 바로기제 새바라야 사바하!

7. 사랑이야!

이제
드렁드렁 - 섭이네 코고는 소리로 불이 켜지면
모두 제자리에 앉아서 처음처럼
바느질을 하고
섭이네만 네 활개를 펼치고 잠들어 있다.

아씨   (마지막 대목이다.)

낭자가 다시 살아나서 선군과 함께 집으로 돌아와 시부모님 앞
에 나아가 절을 하며 '제가 이렇게 된 것은 천상에서 지은 죄 때
문이며 이 모든 것이 천명 아닌 것이 없나니다. 이제 옥황상제
께서 우리를 천상으로 올라오라 하시니 천상으로 가나이다.'
하니, 선군이 눈물을 흘리면서 절하며 '소자 등은 이 세상과 인
연이 다해 오늘 하직하오니 두 분께서는 내내 평안하옵소서.'
인사를 올리고 선군은 동춘을, 숙영은 춘양을 안고 청사자에

오르니 사자가 무지개를 타고 하늘로 올라가더라.

상공 부부, 낭자와 선군이 천궁으로 올라간 뒤에 재산을 가난한 이웃들에게 모두 나누어주고, 백 살이 되던 해 한날한시에 별세하니, 이때 소백산 주령봉에서 곡성 소리와 함께 안개가 자욱하게 일어나고, 구름과 안개가 상공의 집안을 덮은 채 사흘 동안 가시지 않았더라. 구름과 안개가 사라진 뒤에 이웃 사람들이 두 분을 주령봉에 안장하니 이후로 사람들이 이르기를 '소백산 주령봉은 신선이 놀던 곳이라.' 하더라.

아씨가 책을 덮는다.

마님은 고름으로 눈물을 찍어내고

막순이는 무엇이 좋은지 벙실벙실 입이 다물어지지 않아

두 손으로 입을 가리고

과수댁은 목을 잡고 마른침을 삼키고

어멈은 그새 침장을 다 꿰매어 마무리를 한다.

침장의 화조도가 근사하다.

섭이네   (잠꼬대) ㅈㄲㄷㅈㄲㄷㅈㄲㄷㅈㄲㄷㅈㄲㄷ…….

모두

귀를 기울인다.

섭이네   (잠꼬대) ㅈㄲㄷㅈㄲㄷㅈㄲㄷㅈㄲㄷㅈㄲㄷ…….

도통 알아들을 수 없다.

마님이 막순에게 포대기를 내주어 덮어 주게 한다.

어멈은 침장을 횃대에 걸고

아씨는 책을 섭이네 머리에 베어 준다.

모두 이야기의 감동을

토닥토닥 반벙어리 손짓 눈짓으로 나누며

조용조용 방을 나가면, 막순이 마지막으로 불을 끄고 나간다.

섭이네만 남아 잠든 방.

우풍인가,

침장을 흔들며 바람이 지난다.

달빛이 고요한데

꿈인가,

침장에 드는 무릉도원에 꽃잎은 날리는데

'백선군'이 온다.

도포자락 휘날리며 얼쑤절쑤 춤을 추며 온다.

섭이네 좋아서 웃는

잠꼬대도 참 행복하다.

~꿈같은 끝이다~

끝.

〈참고, 인용 문헌〉

〈母德〉

〈戒女歌〉

〈치매타령〉(경남 칠곡군 전승민요)

〈貧女音〉(허난설헌)

판소리 춘향가 중에서 '사랑가'

〈弔針文〉

〈긴아리랑〉

〈신묘장구대다라니경〉

향낭의 〈산유화〉

〈숙영낭자전〉

(문학동네 刊 한국고전문학전집 006 - '숙향전, 숙영낭자전/이상구 주석)

수영낭자傳을 읽다

꽃가마

심청전을 짓다

심청전을 짓다

소녀 girl

춘섬이의 거짓말

등장인물

귀덕이네

귀덕이

남경상인

양반나리

선달

아씨

만홍(아씨의 몸종)

개동

돌아가신 개동어머니

1.

밤

성황당에 비가 온다.

남자가 시체를 메고 들어온다.

이윽고 인기척이 나자 남자는 서둘러 시체를 제단 아래 감추고
몸을 숨긴다.

비 오는 성황당,

도롱이를 쓴 사람들이 보따리를 안고 들어선다.

성황당으로 들어와 도롱이를 벗는다.

귀덕이네   참으로 암짝에도 쓸모없는 비가 이렇게 온다냐.

　　　　　어휴, 죄 젖었네.

남경상인   여기요?

귀덕이네   예, 여기요. (산신령 방향으로 인사를 드리며)

귀덕이   (성황당을 보며) 으스스하네….

귀덕이네   어이구, 저 왔습니다. 보살펴 주서서 고맙습니다.

남경상인   불이라도 피워야지, 당최 어두워서. (부싯돌을 찾아 불을 붙인다.)

귀덕이네   (성황당 바닥을 어루만지며) 이게 다 우리 청이 자취구먼요.

　　　　　어이휴 불쌍해. 저그가 쬐끄난 청이가 어머니 부르면서 기도
　　　　　하던 자리고, 요그가 우리 청이가 눈물 뚝뚝 흘리면서 아버지
　　　　　눈뜨게 해달라고 애탄기탄 빌던 자리네. 아적도 눈에 선하네!
　　　　　청아, 청아, 우리 청아! 나 왔다, 귀덕어미여. 청아! (소리조로) 눈
　　　　　불이냐 빗물이냐 우리 청이 어딜 가고

내 맘 아는 저 하늘만 울어주누나.

귀덕이 에구 청승!

귀덕이네 넌 따라오지 말라니까 왜 따라와서 성화야.

어유, 정신 사나워. 저리 비켜!

귀덕이 내가 어떻게 안 와요, 먼지투성이구먼. 제사를 지내든 고사를
지내든 얼른 청소부터 하자구….

불을 붙인 남경상인
성황당을 둘러본다.

남경상인 (산신령 그림을 보고) 어이쿠! 산신령님 계시네, 잠시 머물다 가것
습니다.

(정리하며) 어수선하기는 하네.

귀덕이네 (치우며) 성황당이 다 그렇죠. 동네 제사가 없으믄 다 그래요.
오고 가는 길손도 와서 쉬어 가고, 동네 거지도 자고 가고….
때가 되어서나 들여다볼까, 치우는 사람이 따로 없으니까.
오늘 같은 날은 심청이 덕분에 산신님이 호강하는 날이쥬.

남경상인 (멍석을 찾아들고) 여기다 놓을까요?

귀덕이네 예, 예 그러쥬. 귀덕아, 어여 차려라.

귀덕이 (차리며) 심청이가 언제 이런 거 먹는다고, 엄니 김치를 젤 좋아
하는데….

귀덕이네 격식이 있지…. 이렇게 몰라서 시집을 어떻게 간다냐. 누가 젯
상에 빨간 거 올리냐?

귀덕이 격식은 뭐, 심청이 제산데 심청이 좋아하는 것으로 놓아야지.

귀덕이네	야가 오늘 왜 이렇게 말이 많아. 그냥 차리기나 해!
남경상인	(지방을 보며) 귀신 오고 가는 것을 알 리야 있겠소만, 그래도 우리 정성이니 부디 들러서 몽매한 이내 가슴이나 풀어 주고 가시오.
귀덕이네	아이가 착해서 풀어 줄 거예요. 아무렴요, 풀고 말구요.
	심청이를 보내 놓구 저두 잠 한 번 제대로 잔 적이 없어요.
	쟤는 지 배꼽동무를 보내놓고, 한 형제처럼 지내다가 죽었으니, 석달 열흘을 울고 다녀서 아주 얼굴이 퉁퉁 불어갖고….
귀덕이	참 정말, 그만해! 심청이가 오다가 엄니 소리에 시끄러워서 돌아가것네.
귀덕이네	아이구 귀청 떨어지것다 이년아. 니가 더 시끄러!
	(차린 것을 바꿔 놓으며) 홍동백서 모르냐?
귀덕이	몰라, 아는 사람이 하면 되지.
귀덕이네	암튼지 너 오늘 이상혀. (남경상인에게 차린 것을 보이며) 자, 보셔요.
남경상인	(보며) 아, 어련히 잘 차리셨을라고….
귀덕이네	그래도 덕분으로 이렇게 심청이 제사상을 차리니 고마워서 그러지요.
남경상인	나두 벌써부터 이렇게 하고 싶었는데,
	통 올 짬이 없으니 실행을 못하고….
	아휴, 이제야 사람노릇 합니다. (위패를 어루만지며) 에휴, 미안하오. 내가 그동안 이 도화동 쪽으로는 고개도 못 돌리것더라고요. 배도 못 타겠고. 마음이 들렁거려서 영 자리를 못 잡것드니, 늦었지만 지금 이렇게 차리고 보니 저도 마음이 좀 가라앉습니다.

귀덕이네   그러시쥬, 지가요….

귀덕이   세월을 붙들어 매었나, 제사 좀 지내요, 말 좀 그만하고….

귀덕이네   알았어 이년아. 그래 내 말은 아주 더럽고 네 글은 아주 달디
달으냐?

귀덕이   갑자기 왜 남의 글 타령이여?!

귀덕이네   시끄럽다고 재재거리니 나두 하는 소리지. 서방 대신 언문 끼
고 사는 너나 시집 안 가는 딸년 때문에 울화 속 풀어내는 나나
매일반이지….

귀덕이   뭐가 매일반이여? 글이 이쁘고 곱지, 말처럼 지저분할까….

귀덕이네   어여 시집 가. 자식이 곱고 이쁘지, 그까짓 이야기가 뭐라
고….

귀덕이   빨리 제사나 지내! 하루 종일 심청이, 심청이 입이 닳더니….

귀덕이네   그래…. 내가 생각해도 아까 제사음식 만들 때부터 가슴이 들
쑥날쑥한 게 이상하기는 하다.

남경상인   당연하지요. 심청이 제사를 모시는 날인데요. 오늘은 나도 묵
은 마음 다 털어놓고 다시 좀 살아 볼랍니다.

귀덕이네   지두요 영 마음이 거북하니께 밥도 안 넘어가요.

귀덕이   오매나, 밥을 두 사발씩이나 먹으믄서….

귀덕이네   그러는 너는 왜 종일토록 눈물 콧물 떨구었냐!

귀덕이   몰라. 진짜루 밤 샐 거여?

귀덕이네   알았어 이년아. (더 크게) 에미 귀 안 먹었어!

셋이서 제상 앞에 손을 모아 쥐고 선다.

남경상인   그럼 시작할까요?

귀덕이네   예, 예!

남경상인   (잔을 받들고) 심청 아가씨 한 잔 받으세요. (올리고 절한다.) 미안합
           니다. 미안해요, 심청 아가씨. 내 먹고 사느라 짐승만도 못한
           짓을 했소. 깊이 뉘우치고 있으니 용서하시고 부디 좋은 데 가
           서 극락왕생 하시오.

귀덕이네   나두 절 할란다.

           귀덕이네가 잔을 올리고 절을 한다.

귀덕이네   청아. 심봉사 나리가 떠난 후로 그나마 살던 집도 다 무너져서
           네가 기도하던 성황당에 제상을 차리기는 했는데 잘 찾아 왔
           냐?
           (울음을 막으며) 심청아, 미안하다! 죽어서두 제사 지내주는 사람
           없어 배고프지? 살아서나 죽어서나 굶기는 매일반이니 아유
           가여워 어쩌나…. 심청아, 너 먹으라고 맛있는 거 많이 차렸으
           니까 어이 와 먹어라! 너두 절해!

귀덕이   예!

귀덕이네   어이 잔 올려!

           귀덕이 잔을 받는데
           번개 치며 사람들 등장하고
           천둥 치며 성황당에 불이 꺼진다.

귀덕이네들   어이쿠, 깜짝이야!

남경상인이 불을 켜 들면

아씨와 만홍, 양반나리, 선달, 노비 개동이 등이

부지불식간에 비를 피해 성황당 문으로 뛰어든다.

사람들   (한소리 내어) 잠시 비 좀 피해 갑시다.

만홍   (아씨를 모시며) 비 좀 피해 갈게요!

아씨   (선달의 칼을 보고) 만홍아, 칼!

만홍   (아씨를 보호하며) 아이고 나리, 그 칼 좀 치워 주십시오. 저의 아
          씨가 무서워해서요.

선달   (칼을 내려놓으며) 알겠네.

귀덕이네   (자리를 마련하여) 이쪽으로, 이쪽으로 오셔요.

양반   (헛기침) 어허흠, 잠시 거하겠네.

선달   (양반에게 인사를) 저 노루재 너머 사는 윤선달올습니다.

양반   (손을 내저으며) 됐네, 비긋다 만난 처지에 통성명이라니….
          (모두에게 들으라고) 잠시 머물다가 비 그치면 제 갈 길로 가세나.

선달   (거두며) 예.

개동이 차마 들어가지 못하고 비를 맞고 처마 밑에 서 있다.

귀덕이   비를 피하자믄 들어와야지….

개동   미천한 상것이 어찌 감히….

귀덕이네   (눈치 보며) 나리 마님, 잠시 들여도 될까요?

양반	성황당 주인장이 산신령인데 내게 물어? 피차 객인데 되고 말
	고가 어디 있는가, 들여라.
귀덕이네	어여 들어와요.
개동	고맙습니다요, 마님.

개동이 무례히 제단 쪽으로 다가서자
선달이 개동을 발로 차서 막는다.

| 선달 | 네 이놈! |

놀라는 사람들

남경상인	(부축하며) 아이쿠, 이거 괜찮은가!
선달	천한 상것이 감히 어느 안전이라고 몸을 함부로 들이미느냐!
	정녕 죽고 싶어 환장을 한 것이냐?
개동	(엎드려) 쉰네 죽을죄를 졌습니다요. 소인도 모르게 그만 빈자
	리를 잡는다는 것이, 제발 살려 주십시오….
선달	네가 어느 집 종이냐, 어서 아뢰어라. 네 주인에게 일러 버릇을
	단단히 가르치리라! 어서 대지 못할까!?
양반	어허, 그만하시게. 급작스럽게 비가 오니
	잠시 두서가 없어 그리했겠지.
	가 앉아라!
개동	(물러나며) 아닙니다요. 미천한 상것이 어찌 감히….
	숙을죄를 지었습니다요. 용서해 주십시오.

선달	배워먹지 못한 놈 같으니라고, 저리 가 있어.
개동	예, 나으리. 고맙습니다.

모두 비에 갇혀

그렇게 엉거주춤 모여 있는 사람들

아씨	만홍아···.
만홍	예, 예. (알아듣고, 귀덕에게) 물 좀 얻어 자실 수 있을까요?
귀덕이	(물주며) 여기요, 아씨가 어디 아프셔요···?
만홍	(입모양+약간의 소리) 저기, 좀, 아파요.
아씨	만홍아···.
만홍	예. (보따리를 안겨준다)
귀덕이네	말만 하믄 척척이네.
만홍	모르믄 어떻게 해요, 지가 모신 세월이 아깝지유.
	아씨, 여기서 비 그칠 때까지 잠시 쉬셔요.

아씨가 지쳐 쓰러지듯 엎어진다.

양반	(지방을 읽는다) 현유인··· 심청신위라···. 누구 제사인가?
귀덕이네	저기 심청이라고···.
양반	집의 여식인가?
귀덕이네	아닙니다요. 동네 아이인데, 살아생전 효심이 지극하기로···.
양반	음, 효심이 어찌 지극하였길래 남의 아이 제사를 다 지내는 가···?

2.

그 밤에
성황당에 비를 피하러 모여든 사람들이 심청이 이야길 듣는다.
'이야기가 이야기를 듣는다.'

귀덕이네   거기엔 참으로 말로는 다하지 못할 깊은 사연이 있습니다요.
심청이 제삿날 때맞춰 이리 한자리에 앉은 인연도 쉽지 않은
터이니, 비 긋기를 기다리는 참에 심청이 이야기 좀 들어 보실
랍니까?

양반   거 그러세. 달리 할 일이 있는 것도 아닌 터.
효녀라니 어디 들어나 보세!

귀덕이네   예, 그럼 이야기 올려드립지요.

이야기가 앉는다.

귀덕이네   심청이가 있었습니다요. 아이가 박복한가, 큰 덕을 쌓을라 그
러는가, 그 어머니가 애를 낳고 이레도 안 되어서 죽었지요. 에
휴, 눈을 못 감고 죽어서 제가 두 눈을 쓸어 감겼습니다. 아
버지가 봉사인데 양반 끄트머리라 경을 읽을 줄을 아나, 침을
놓을 줄 아나 암것도 못하니, 마누라가 있어서는 그래도 과거
를 본다고 핑계를 대고는 손가락을 하나 까딱 안 하고 맹자왈
공자왈 읊어 대다가 그나마 마누라도 가 버리고 혼자서 어쩌
셨어요? 젖먹이 애를 데리고 동냥젖을 먹이면서 키웠지요. 아

주 귀신같이 동네에 아이 난 집들을 찾아 댕기믄서 젖을 얻어 먹였어요. 우리 집에 오는 때는 저녁 전에, 그러니까 해가 어스름하면 영락없어요. 지두 재를 낳고 젖 한통을 먹이고 나면, 기다린 듯이 '귀덕이네' 하고 찾는 소리가 들리지유. 어떤 땐 저두 사람인지라 마음이 모닥져서, 맡겨 놓은 젖도 아니고 허구헌 날 찾아와 달라니 우리 아이 멕이기두 양이 즉다고 부아가 나는 거예요. 그러면 저두 못 들은 척 하지요. 그런데 이 양반이 가지도 않고 줄 때까지 그냥 달다 쓰다 아무 말도 없이 소죽은 귀신모냥 서 있어요. 아이는 배고파 울지요. 그럼 내 자식 아니니 모른다 하나요? 할 수 없이 나가서 애를 받아 젖을 먹이면 그제야 고맙다고 허리가 부러져라 절을 하고 가요. 그렇게 심청이가 동네 젖을 먹고 자랐어요. 그러니 내 새끼 진배 없지요. 제사를 지내는 게 어색하진 않지요.

양반   그렇지, 자식이라 해도 무방하겠네….

귀덕이네   참 신기한 게요, 즈이 아버지가 그렇게 키워 놔서 그런가요. 쬐끄난 것이 걸을 수 있게 되니까 까꾸로 지 아버지를 데리고 동냥을 다니는 거예요. 그걸 보믄 도척이라도 눈물 안 빼군 못 견디지요. 아버지 요기 물, 아버지 요기 돌멩이, 아버지, 아버지 해가며 동냥을 얻어다 즈이 아버질 먹여 살리더라께요. 아그가 지도 제대로 못 걸으면서 한 손에 바가지를 들고 또 한 손으로는 아버지 지팡이 끝을 잡고 문짝에 서서 요롷게 들여다보며 '먹다 남은 밥 한 술만 주셔요' 하면 아주 맘이 애려서 밥이 없으면 먹던 밥사발이라도 들고 나가서 그냥 엎어 주지요. 그럼 땅에 코를 박고 절을 하며 '아주머니 복을 마니 받으셔요'

하고, 아이구 고 귀여운 입으루다 복을 빌어준다니까요….

양반 응석받이나 할 어린 것이 눈먼 아비를 이끌고 동냥질에 부모 봉양이라니 대단하구먼….

귀덕이네 아이가 커 가믄서는 인저 빌어먹을 수만은 없다며 일을 찾아서 동네 허드렛일이란 허드렛일은 다 했죠. 빨래하기, 애 보기, 나무하기, 모심기, 못 하는 게 없어요. 우리 동네 상머슴이에요. 즈이 어머니를 닮아서 손끝이 얼마나 야무진지 바느질을 배워줬더니 그다음부터는 뭐 솜씨가 얼마나 좋은가, 그냥 예서 불러가고 제서 불러가고 동네 바느질은 다하네. 그러니 아버지 봉양하고 철철이 옷 지어 드리고 아무튼 효녀도, 효녀도 그런 효녀가 없었지요….

양반 효녀로세.

선달 나이 든 어른도 못할 일을 어린아이가 그렇게 하다니 대단합니다.

만홍 어린 것이 그럴라니 얼마나 고독하고 힘들었을까…?!

귀덕이네 울기도 많이 울었지요. 아씨 앉으신 그 자리가 심청이 자리유.

모두 아씨를 바라다본다.

아씨 (일어나) 심청이…. 나 심청이 아닌데….

비가 쏟아진다.

버선과 치마저고리를 벗어 던지고 다시 쓰러진다.

만홍 아이고 아씨. (장옷을 덮어 준다.)

사람들 놀라서 바라본다.

양반   (당황하여) 장마철도 아닌데 비가 이렇게 오시는가….

선달   아무래도 태풍이 칠 것 같습니다요….

만홍   (놀래어) 나리마님, 송구합니다요, 즈이 아씨가 몸이 많이 아픕
니다요.

          (귀덕어미에게) 어이 계속하셔요!

귀덕이네   심청이가 저기 그러니까 상머슴인데, 거시기 그려, 하루는 어
디서 들었던가, 느닷없이 심봉사 나리가 부처님 전에 쌀 삼백
석을 시주하면 눈을 뜬다는 소리를 듣고 와설랑 소원을 하는
디 어찌나 애가 타는지 몸이 다 **빼짝빼짝** 마르는 거요….

양반   저런, 글을 어디로 배운 거야, 무식하기는…. 부처님 전 공양을
올리면 눈을 뜬다든가…!

귀덕이   그것이요, 몽은사 스님이 내려왔다가 심봉사 나으리가 개울에
빠진 걸 구해 주었는데, 봉사 나리가 앞 못 보는 신세루다 절망
에 빠지니까 사람이나 살리자고 드린 말씀에 나으리께서 덜컥
욕심이 들어서 그랬쥬.

양반   괜히 아까운 아이 하나를 잃지 않았는가. 허허 글깨나 읽은 양
반이 그런 허무맹랑한 소릴 믿다니….

귀덕이네   그것이…, 안 보이니께요. 그저 눈을 뜬다믄 뭐라도 잡고 싶은
게 사람 마음이잖아요. 그러니 심청이 심정이 어떻것어요…?

양반   효녀라니 더 환장했것지…. 그런 이야기가 고사에 보면 다 있
어. 아버지가 글깨나 안다니 가르쳐 주었을 거라구, 거 누구냐
하믄….

귀덕이	원홍장이요!
양반	그래 아는구나…. 그 원홍장이가 또 부모 눈을 뜨게 했지….
귀덕이네	그런데 그때 저 양반 남경선인이랑 도선주가 우리 동네에 와서는 인당수에 제물이 될 처녀를 구한다고 온 거지유.
만홍	처녀 제물이라니? 아무려면 그래 저 살자고 산 사람을 죽인단 말예요?
남경상인	그래도 우리는 목숨 값이라도 치르지만, 세상에 저 살자고 남의 목숨 해치는 일이, 말이야 바른 말이지 어디 우리뿐이오?
양반	상것들이 먹을거리를 얻자고 딸자식을 판다는 이야기를 내 들어 보았네.
선달	아무리 배우지 못한 상것이라도 인륜을 저버린대서야 사람이라 할 수 있겠습니까?
귀덕이네	그것이 사람 되기보다 먼저 굶어 죽지 않을라니 밥만 먹여주면 종년에 기생에 첩년에 씨받이까지 달라시는 대로 죄 내주는 거지요.
선달	뭣이야!
귀덕이네	아니… 지 말씀은 저기 사람도 살아야 사람이니께요.
양반	(앉으며) 허허! 하긴 나 살자는 일이 남을 해치게 되는 게 다반사지. 맞는 말일세! 인신공양이라 말로만 들었지 진짜로 있는 줄은 몰랐네.
귀덕이네	심청이가 지한테 득달같이 달려와서는 '아버지 눈을 뜨게 해드리고 싶으니 알아봐 주세요' 하는 거여요.
만홍	저승길을 나서네요!
귀덕이네	뭐, 말려도 안 듣고, 어찌나 고집이 센지 할 수 없이 대줬지요.

만홍	저런 세상에! 에구, 아무리 아버지 눈을 뜨자고 어찌 하나뿐인 목숨을 내놓아요?
남경상인	(귀덕이네 답을 하려는데) 심청이가….
귀덕이네	(남경의 말을 자르며) 그래, 삼백 석을 절에다 바치고 아버지한테는 장승상 댁으로 수양딸을 간다고 속이고 안심을 주고는 마지막으로다 아버지를 극진히 모셨죠.
만홍	즈이 아버지는 그것도 모르고 눈 뜬다고 좋아했겠지요….
귀덕이네	그냥 어깨춤을 덩실덩실 추면서, 눈을 뜨면 우리 청이 호강시켜 준다고 뜻이 대단했지요.
양반	무지로다, 무지로다, 무지야!
귀덕이네	그런데 뭐 속이는 것도 하루 이틀이지. 세월은 가지 떠날 날 아침이 되니까 심청이도 더는 어쩌지를 못하고 '아버지 사실은 이만저만해서 내가 이제 가노라' 실토를 하니 그냥 아버지가 혼이 나갈 지경이지요.
양반	하늘이 효녀를 주었으면 그저 고맙다 엎어져 살면 될 것을 눈을 뜨네 감네 욕심을 부려서 생떼같은 아이를 죽이나 그래!
귀덕이네	심봉사는 그럴 줄은 몰랐지요. 심청이가 죽을 줄은 몰랐지요.
만홍	아니, 우리 같은 무지렁이두 알것구먼. 공짜루 되는 일이 어디 있어유? 알믄서도 모르는 척 밀어 놓는 거지. 가난한 집에서 그만한 공양미를 얻었을 때엔 누가 죽든지 살든지 뭐 결판이 나는 거지, 몰랐다는 것이 말이 되유? 그러닝게 다 욕심이 앞을 가리면 멀쩡하던 사람도 반편이 되는데, 앞 못 보는 양반이시니 오죽할라구요.
귀덕이네	지금도 눈에 선해요. 아버지는 나도 데려가라고 몸부림을 치

며 울고….

개동   누구 아버지요?

양반   저런!

개동   죄송합니다요!

귀덕이네 배가 움직거리니까 심청이는 놀래가지고 배에서 동동거리고 울고불고, 나서부터 한날한시도 떨어지지 않고 붙어 있다가 생전 처음 아버지랑 헤어지는 것이, 죽으러 가는 길이 얼매나 놀랐것어요. 배가 움직거리니까 놀래서 울고 들뛰는데 아휴, 눈 가진 사람은 다 우느라고 배 떠난 줄도 몰랐다니까요.

남경상인 (드디어) 예, 울었지요. 심청이만 울었을까요. 우리 선인들도 다 울었지요. 인당수가 가까워 오니 벌써 풍랑이 일고 파도가 치고 대단한데, 심청이가 배를 처음 타노니 입술이 새파랗게 질려 가지고 벌벌 떠는 거라요. 우리도 말을 못하고 죽것더라고요. 그런데 심청이가….

사람들   심청이가…?

남경상인 냅다 뱃머리로 기어가더니만 '도화동이 어디요?' 하고 소리 질러요. 그래서 우리가 '오른짝으로 반만 돌아라!' 그랬더니 비틀비틀 절을 하더니 '미안해요, 미안해요, 미안해요' 이렇게 시 번을 크게 소리치고는 그냥 바다루다 첨벙 달러드네.

양반   저런! 거 대단한 용기로군. 사나이도 하기 힘든 일을 어린 소녀가 해내다니….

선달   미안하다? 몸 팔아 공양미 마련해 죽기까지 하는데 미안하다니….

귀덕이   지가 동무라 아는디요. 첫째는 아버지를 두고 떠난 불효가 미안하고, 그다음은 아버지 눈뜨는 거보다 아버지랑 있는 것이 더 아버지를 위하는 것이라는 걸 뒤늦게 알아서 미안하고요, 마지막은 죽는다 죽는다 했어도 진짜로 죽을 생각을 하니 겁이 나니 미안한 것입니다요.

선달   허, 듣고 보니 참으로 지극한 효심입니다.

양반   그래, 바다는 잠잠해졌는가?

남경상인   예, 심청이가 빠진 뒤로 언제 그리 들구 뛰었더냐 싶게 깜쪽같이 잠잠해졌지요.

선달   인신공양이 효험이 크다더니 참으로 그러한가 봅니다.

양반   그렇군. 역시 효행이 만물지사 으뜸이라!

남경상인   예, 참으로 신기한 것이 심청이가 죽은 후로는 바다가 잠잠하여 처녀 제물을 올리지 않아도 되니 그게 다 심청이 빠져 죽은 덕분이 아니겠습니까요!

개동   참으로 바다가 잠잠해졌어요?

남경상인   내 나이 50일세, 거짓말할 세월은 지났지.

개동   박복한 이놈은 부모를 위해 죽자 하여도 효도를 할 부모가 없으니 팔자 더럽기가 똥 친 막대기만도 못합니다요.

귀덕이네   효도 할 생각 말고 자네 입이나 불효를 면했으면 좋겠네!

양반   아 이럴수가…. 내 그동안 효녀와 열녀 이야기를 많이 들어 보았지만 심청이야말로 하늘이 내린 효녀로세. 충효의 중요함이 땅에 떨어진 지 오래거늘, 오늘 심청이의 효행을 접하고 보니 참으로 감개가 무량하네. 퇴계 이황 선생은 "부모가 자녀를 사랑하는 것이 자(慈)이고 자녀가 부모를 받드는 것이 효(孝)이니 효자의 도리는 천성에서 나오는 것으로 모든 선의 으뜸이

된다"고 하셨고, 주희는 이르시길 "어버이를 섬기는 정성으로 인하여 하늘을 받드는 도리를 밝힌다" 하였으나 그 뜻을 밝히 알지 못하였더니 내 오늘 심청의 이야길 듣고서야 비로소 육신의 부모를 섬기는 것이 만물의 부모인 하늘을 섬기는 것이라는 것을 알겠구나. 공자님 말씀에 집에 들어가서는 효도하고 나가서는 충성하라 하였으니 효도야말로 오륜의 으뜸이며 수신의 제일이라. 성호 선생도 효가 아니면 곧 불충이라 하지 않는가. 오늘 심청이야말로 만고에 효의 상징으로 길이 빛날 효녀가 아니고 무엇인가! 대단하구만. 남의 자식이라도 탐이 나지 않는가! '입신행도 양명어후세 이현부모 효지종야 - 몸을 세워 도를 행하매 이름을 후세에 날려 부모를 드러냄이 효도의 끝이다.' 하! 이러니 나라에서도 상을 내리고 벼슬을 내려 모범을 삼는 것이 아닌가 말이야!

귀덕이네 모범이죠, 모범이 되구두 남지유.

양반 어험, 아무러나 내 요즘 보기 드문 이야기를 들었네. 내 돌아가면 나랏님께 심청이 이야기를 올려서 '효녀비'를 내려 주십사 청해 보겠네. 이 일은 두고두고 사람들의 입에 오르내려 효를 배우는 크나큰 가르침이 되어야 할 게야.

귀덕이네 아이고, 감사합니다요. 아이고, 지발 덕분에 그렇게만 해주신다면 우리 마을에 자랑이요, 이년의 마음도 한껏 가벼워져 큰 짐을 벗겠습니다요.

만홍 그려도 효도를 해서 출세를 한다니 참 입이 써요….

선달 (만홍에게) 그리고 보니 낯이 익은데, 혹 북촌 성 대감댁 노비 아닌가?

양반	북촌 성 대감댁이라면…?
만홍	(펄쩍) 아닙니다요, 북촌이 어디요? 나는 몰라요!
귀덕이네	북촌이면 거기가 어디요? 여기 인근은 아닌데….
만홍	모른다는데 그만 허지요!
선달	비슷한 사람을 알아서, 이제 보니 내 잘못 보았나 보군….
양반	이보시게, 내 비록 면식은 없지만 심청이 소저의 갸륵한 효심에 깊이 감동된바, 잔을 올려 위로하고 싶네.
귀덕이네	배우신 양반님네는 뭐가 달라도 다르구먼유. 아유, (유식한 척) 광축 감봉이로소이다.

아씨가 갑자기 발악하듯 일어선다.

아씨	(아픈소리) 아악!
양반	(깜짝!) 이거 왜 이래?

3.

만홍	아이고 아씨, 왜 이러셔요?
아씨	우우우우~ 저기 시체가 있어!!

사람들 놀란다.

제단에서 물러서는 사람들, 개동이 제단을 막아서며
양반과 귀덕이네 사람들 주위를 둘러본다.

개동   시체가 어딨어? 암것도 없구만요!

아씨   (허공을 가리키며) 시체가 저기, 눈물을 뚝뚝 흘리고 서 있어!

사람들   (찾으며) 어디…?

아씨   (방안을 돌아다니며) 저기, 저기, 저기. 이리 와! 이리 와!

귀덕이네 어디, 심청이가 왔나? (혹시나 찾으며) 심청아, 심청아…!

양반   심청이라니?

선달   어디요?

양반   허허…. 이런 어디긴 무엇이 어디인가? 헛것을 보는 것이지….

선달   아, 예….

만홍   아씨, 제발 이러지 마셔요!

아씨   심청아, 심청아 안돼! (안 보이는 심청을 좇아 사람들 사이를 누빈다.)

사람들   (아씨를 피해 다니며) 어, 어….

아씨   (돌아다니며 허공에 대고) 이리 와 추워, 이리 와!
         이리 와, 옷이 다 젖었어. 어떻게 해.
         춥지, 이리 와! 심청아, 이리 와!

만홍이 제상 위의 연꽃을 건넨다.
아씨가 연꽃을 안고 맴을 돈다.
사람들 슬금슬금 제자리로 찾아가 앉는다.

귀덕이네 (만홍에게) 언제까지 도는 거여…?

만홍	이제 끝나요.
개동	미쳤네.
만홍	이놈!
아씨	(멈춰서) 나, 미친 거 아니야!
만홍	그럼유, 우리 아씨 안 미쳤어요.

아씨가 제자리에서 벌벌 떨며

아씨	만홍아 여기 무서워, 집에 가자!
만홍	예, 비 그치면 가요.
아씨	심청이, 심청이, 슬퍼….
만홍	아씨, 이러지 마셔요.
아씨	(울며) 심청이가 울어~

아씨가 성황당 바닥에 몸부림친다.

| 만홍 | (붙잡으며) 아이구 아가씨~. |

번개가 치자 벌떡 솟구쳐 일어서며

아씨	(발악) 심청이 술 주지 마요. 심청이가 싫대요!
양반	엉, 아이구, 예에 그럽시다.
아씨	영감이 죽였잖아요.
양반	뭐라는 거야?

아씨	이번엔 또 누굴 죽일려고 '효녀비'를 세운대…? 세우면 내가 부
	서 버릴 거야.
양반	아이구 이런, 비는 언제 그치는 거야 그래….
아씨	당신들이 심청이를 죽였어.
귀덕이네	아니에요 아씨!
아씨	네년이 팔아먹고, 네놈은 바닷속에 쳐넣고, 영감은 '효녀비' 만
	들어서 애들을 꼬드겨 또 죽일 거지! 개, 돼지도 그렇게 안 해!
선달	말씀이 지나치시오!
아씨	(양반 앞에 엎어져) 영감마님, 나 죽이지 마세요, 난 살고 싶어요!
양반	이거 뭐야? 왜 이래? 내가 왜 죽여?!

급작스럽게 달려가 선달의 칼을 움켜쥔다.

사람들, 놀라서 벌떡 일어선다.

아씨	말해라! 날 어딜 찔러 죽일 거냐!
만홍	(사이에 막아서며) 용서하세요.
선달	저리 비켜! 이거 놓으시오!
만홍	우리 아씨 안 돼요, 저를 죽이세요!
아씨	(칼을 목에 대고) 이렇게 찌를 거요, 목이요?
선달	이거 놓으시오.
아씨	배를 갈라 죽이겠소?
선달	놓아!
아씨	어디를 내 드리리까!
만홍	우리 아씨 안돼요!

선달	하, 이런 낭패가 있나! 어서 이 칼을 놓으시오!

아씨가 칼을 꼭 잡고 찌르라고 몸부림을 친다.

아씨	어서 죽이시오!
만홍	아씨!
선달	에이, 놓지 못해! (아씨와 만홍이를 밀쳐낸다)
남경상인	(잡아준다) 심청아!
아씨	(천진하게) 하하하하하하하하하하하하하하하하~ 나 심청이 아닌데!
남경상인	(얼른 아씨 손을 놓으며) 예, 예 죄송합니다요.
아씨	(비틀거리며) 만홍아… 나 아파.
만홍	(기어가며) 아가씨, 이리 오셔요.
아씨	만홍아 무서워… 나 죽이지 못하게 해….
만홍	예, 제가 지켜 드릴게요. 여기 잠깐만 있으면 비가 그쳐요. 그러면 집에 갑시다.
아씨	응.

모두 제자리로 가며

귀덕이네	아이고 귀신 조화네!
선달	(분하여) 이거야 원!
양반	정신이 온전치 못한 것 같으니 자네가 참으시게.
만홍	마님, 나으리, 용서해 주세유.

	우리 애기씨가 사실은 아픕니다요.
귀덕이네	어쩌다 저리 되었수…?
만홍	참으로 귀하디 귀하게 태어나 불면 날아갈까 쥐면 터질까 금이야 옥이야 애지중지 자라나서 열두 살에 양가 어른들이 약조하여 장안 유명 대가 댁에 시집을 갔는데….
양반	(대가댁 발설은 곤란해) 비 그쳤는가 보게나!
선달	아직입니다.
만홍	뉘댁이라 말은 못해요.
귀덕이네	그렇지, 아무개 댁이라 발설하믄 안 되어…! 큰일 나! 우리 다 죽어!
만홍이	그런데 신랑이….
사람들	신랑이…?
만홍	신랑이 혼인 날을 앞두고 급사를 해설랑 어린애가 죽은 사람이랑 혼사를….
사람들	저런!
남경상인	죽은 사람이랑 어찌 혼인을…! 양반 법도가 그렇단 말은 들었지만 참으로 기맥히네….
양반	허험….
만홍	얼굴도 못 본, 신랑 없는 과부 시집살이가 서럽기 한이 없는데….
사람들	그런데…?
만홍	열녀 거시기 있잖아요….
귀덕이네	열녀 되라고 등을 떠다 미는구먼….
양반	어험!

귀덕이네   설마하니 혼자 된 며느리를 불쌍하다 못할망정….

남경상인   에이, 가문이 뭡니까? 양반이 뭡니까?

만홍   시어머니가 아들 잡아먹은 년이라고 구박이 자심터니 난중에
          는 자결을 해서 아들 대신에 가문을 빛냄이 도리라믄서 어서
          죽으라고 아기씨를 몰아세우니….

귀덕이   그래서 저렇게 아씨가 혼이 나갔구먼요….

귀덕이네   아이구 어째….

만홍   에휴우…. 저렇게 먹지도 못하고 잠도 못 자고 정신 줄을 놓아
          서 제가 모시고 나왔어요. 죽을 각오를 하고, 어디 깊은 산골에
          들어가 모시고 살라고요…. 이대로 산목숨을 죽일 수는 없잖
          아요.

귀덕이네   그렇지, 그렇지. 고맙네 참 고맙네.

개동   사달은 났구먼요. 노비가 아씨를 모시고 도망질을 하다니, 죽
          고 싶어서 환장한 거요.

만홍   그러면 어쩌냐? 앉아 죽나 서서 죽나 죽기 매일반이여.
          참새도 쨱 하고 죽는다는데, 이대로는 억울해서 못 죽지.

귀덕이네   에휴, 억울하지 억울해. 아, 지 맘에 우러나서 열녀두 되고 효
          녀도 되는 거지, 가문 살리자고 사람을 억지로 떠다 밀문 안 되
          는 거잖아요.

남경상인   살아 있는 사람을 열녀 만들자고 죽으라니….

귀덕이네   말로만 들었지, 아이구야!

          천둥번개에 아씨가 벌떡 일어나

아씨   (상을 뒤엎으며) 요거 차려놓고 죄를 벗겠다고?

          어림도 없어! 살려내!

          왜 죽였어?

          펄쩍펄쩍 뛴다.

          번개를 갖다 꽂는 시늉을 한다.

귀덕이네   왜 또 이러셔, 난 안 죽였어요!

아씨   (귀덕어미에게) 왜 죽였어? 어휴 하늘 무서워! 번개 떨어진다.

          네년 마빡에 떨어진다!

귀덕   (아씨를 막으며) 우리 어머니가 안 죽였어요!

귀덕이네   버선 속이라 뒤집어 보이나, 난들 어떻게 해요?

          아씨두 제정신 아니라고 그렇게 말하든 안 돼요.

          오죽해야 나도 이 밤에 여기서 제삿 지낼라구요.

아씨   (귀덕이네 품으로 파고 들며) 나 좀 잡아주지, 나 좀 붙잡아 주지요!

귀덕이네   아씨, 정말 나중에 지가 죽으면 이 가슴 좀 열어봐요.

귀덕이   어머니, 울지 마….

귀덕이네   아주 다 썩어 문드러졌을 거여.

귀덕이   제가 도망가라고 보따리를 싸줬어요.

          그런데 심청이가 여기 성황당까지 따라서 와서는 발이 딱 땅
          에 붙어서 떨어지지가 않는 거예요. 못 간다고, 젖먹이 두고 온
          어미처럼 아버지가 못 잊어져서 발걸음이 떨어지질 않는다며
          미안하다고, 뒤도 안 돌아보고 집으로 달려가는 거예요.

          우리 어무니 아무 잘못 없어요. 그때 내가 안 된다고 잡아 끌고

	갔으믄…. 다 나 때문이여!
귀덕이네	아니여, 니가 아니여!
귀덕이	어무니 그만해!
귀덕이네	나 저 양반들이 준 쌀 심봉사님 다 드렸어요. 우리 쌀이 딸려
	갔으믄 갔지 쌀 한 톨 거저 얻어먹은 거 없어요. 나 심청이 돈
	안 가져갔어요! 밤에 인저 자려고 누우믄 심청이가 와요. 물을
	뚝뚝 떨어뜨리믄서 춥다고 벌벌 떨어요. 아이구, 내가 미쳤지,
	그 어린 게 무슨 효도를 한다고 물구덩이에 밀어 넣고, 내가 미
	친년이야 내가 미친년이라….
남경상인	(결심한 듯) 내가 죽였소! 흑흑…. (운다)
아씨	(상인의 눈물을 닦아주며) 울지 마라, 울지 마라.
남경상인	(심청이로 착각하여) 심청아, 미안하다. 내가 잘못했다!
아씨	(도망가며) 아 무서워, 나 죽이지 마요!

　　만홍이 남경상인에게 물을 끼얹는다.

아씨	만홍아, 나 무서워!
만홍	(안으며) 괜찮아요, 아씨!

　　만홍이, 아씨에게 보따리를 안기며 끌어안고 진정시킨다.

남경상인	(정신이 들어서) 파도가 치고 산만 한 파도가 들이닥치니
	아이가 주저앉아 벌벌 떨어요.
	사람들이 죽는다고 아우성을 치니

아이가 내게 손을 내밉디다.

그래 내가 잡아 세워 놓으니

부들부들 떨면서 도화동이 어디냐고 물어요.

내가 아무데라고 하니까 미안하다고 절을 하더니

아이가 내 손을 꼭 붙잡고서 나더러 손을 놓으라고,

내 손을 움켜쥐고 나더러 손을 놓으라고,

내가 무엇에 홀렸든가 아이 손을 떼어 놓았소!

내가 파도에 던져 버렸소.

내가 뭘 했는가 나도 모르겠소.

내가 뭘로 보이시오?

내가 사람이요? 야차요? 내가 뭐요!? (운다)

양반   (깊은 한숨) 끄응! 비가 언제나 그칠래나….

  만홍이, 아씨에게 자장가를 불러준다.

아씨   만홍아~ (눕는다.)

만홍   (얼른 보따리를 안기며) 자장자장 우리 아기 잘도 잔다….

양반   그 보따리엔 뭐가 들었느냐?

만홍   (엎드려 고한다) 그림이유.

양반   그림?

만홍   아씨가 그림을 잘 그려유. (그림을 보이며) 꽃이면 꽃, 물고기면 물고기, 나비, 새, 못 그리는 게 없어요. 시집살이가 고단하믄 때리는 시어머니 그리고, 말리는 시누이도 그리고, 난중에 내가 이렇게 살았다 보여 준다고 그린 그림이에요.

양반	누구한테 보여준다고?
만홍	죽어 하늘에 보인다고 그러지요. 죽을 때 죽더라도 맘이라도 편하게 사시라고 모시고 나왔는데, 잘못 했나 봐유….

4.

개동	모두 다 열녀가 그렇게 소원이믄 열녀를 만들어 바치믄 되것 네요….
사람들	뭔 소리야?
개동	열녀만 있으믄 되잖어요….
	내말은 모두 아씨가 죽기를 바란다니 소원대로 죽으면 되지 않겠냐는 거지요.
귀덕이네	그러니 저렇게 살아 있는 사람이 어찌 죽는단 말이요?
개동	(결심한 듯 선언한다) 시체가 있어요.
사람들	뭐요!?
개동	(제단을 열어 보이며) 시체요! 아씨랑 바꿔치자구요!
사람들	(기절초풍) 아이구머니나!
귀덕이	이런 세상에!
선달	(칼을 내어 겨눈다) 네 이놈!
사람들	아이구!
양반	오늘 이거, 일진이 왜 이래…?!

개동	아이구, 나리 살려 줍쇼. 지발 목숨만 살려 줍쇼!
선달	네놈이 천지분간을 못하고 짓까불어대더니 정녕 죽고 싶어 환장을 하였구나. 이것이 무슨 수작이냐. 어서 바른대로 대지 못할까!
개동	아이구 나리. 쉰네 다 말씀 드리겠습니요. 잠시 시신을 꺼내어 보여드려도 되겠습니까요…?
선달	허튼수작 할 시엔 죽어 남지 못하리라.
개동	(꺼내며) 예, 예에. 저기, 놀라지들 마십시오.

시신-아낙이 나온다.

사람들	이럴수가!!!
개동	제 어머닙니다요. 평생 남의 종으로 살다 죽었습니다. 흑흑…. 상전이 장사 지낼 돈 없다고 가마니에 둘둘 말아 내치라는 걸 차마 그럴 수 없어 내 손으로 묻어 드리자고 나왔으나, 장사 지낼 방도가 없어 이러고 있었습니다.
	(무릎을 꿇고 엎드려) 노비로 태어나 고생만 똥을 싸게 하고 꽃가마 한 번 못 타 보고 죽었으니, 인저 저승 가서는 좋은 곳에 태어나라고 우리 엄니도 꽃상여 한 번 타 보게 해 주십시오. 아씨 대신에 죽었다 하고 모시고 가믄 설마 시체 보자 하것습니까…?!
귀덕이네	그럼 시체를 언제 모신 거여?
개동	저녁 무렵에 돌아가셔서, 아줌니 오기 바로 전에 모셔다 놓았구먼유.

귀덕이	(놀래어) 그럼 첨부터 내둥 여기 있었던 거예요?
개동	미안해유. 잠시 쉬었다가 물어 드릴려고 했는데, 비가 오는 바람에 쉰네도 어쩌지를 못하고…. 이 몸은 백번을 죽어도 할 말이 없지만…, 저도 심청이처럼 죽어도 좋으니 저의 어머니 저승 가는 길 밝으라고 적선 한 번만 해주십쇼….
양반	이거 참, 귀신에 홀린 것도 아니고, 어허 거 칼을 치우게….
선달	예!
남경상인	(양반에게) 딴은 그럴 듯합니다.
귀덕이네	그러네. 죽었다믄 죽은 거지, 시체 보자구 헌들 열려 좋아하는 시댁 어른들이 시체가 바뀌었다 토설할 리도 없지 않것어요? 좋으네. 어떻게 할까요…?
양반	내게 묻는가?
귀덕이네	여그서 젤로 어른이시고, 양반이시니께 답을 주셔야지요….
양반	공자가 이르기를 '인자안인 지자이인….'
남경상인	죽은 공자가 어찌 아씨를 살리겠습니까. 사람 한 번 살려주십시오!
양반	그것이, 법이 있느니라!
귀덕이	나리마님, 살려 주세요!
아랫것들	살려 주십시오!
양반	이런, 이것이, 고금에 없는 일이라….
귀덕이네	고금에 없어도 지금 여기서 마님이 은혜를 베풀어만 주시면, 죽을 목숨이 다시 살아납니다.
양반	(선달에게) 시신 좀 보시게….
선달	(보며) 외상은 없이 깨끗합니다.

만홍	아적 닭이 울지 않은 터라, 몰래 모시고 가서 지가 돌아가셨노라 꾸미믄 되것는디요. 지발 덕분에 우리 아씨 좀 살려 주서요.
개동	제가 업고 갈게요….
양반	음, 그럴 듯도 한데, 그래도 사람이 다른데….
선달	얼핏 비슷하여서 바꾸면 바뀌기는 하겠습니다만….
양반	그래…?
선달	아니 뭐….
양반	사람을 바꾸자는 말이지…?
선달	아니 그것이….
양반	비슷하다며….
선달	예, 모양새는 그래도 어찌 천한 상것이….
양반	시체 아닌가….
선달	예, 시체입니다….
양반	그렇지, 선달 말대로 시체는 바꾼다 치더라도, 나중이라도 아씨 신분이 들통이 나믄 어쩌냔 말이지….
만홍	절대 산에서 안 나올게요.
양반	사람이 풀, 나무도 아니고 움직거리는 생명인데, 누구 눈에라도 뜨이지….
선달	그렇습니다, 만에 하나 신분이 드러나면 필경 죄가 되어 자손들의 출신 길이 막히게 될 것이 불을 보듯이 뻔합니다.
남경상인	(주저하며) 저어, 지가 모시고 가면 어쩔깝쇼…?
양반	자네가?
남경상인	예!

양반	어디, 남경 땅으로?
남경상인	예!
양반	다시는 안 돌아오고?
남경상인	예!
양반	그렇다면….
선달	아닙니다, 그걸 어찌 믿겠습니까? 심청이처럼 인당수에 던져 버릴지 누가 압니까?
귀덕이네	제물은 처녀만 되어요!
만흥	우리 애기씨 처녀요!
귀덕이네	그러네, 그러믄 안 돼…. (상인에게) 진심을 말해요!
남경상인	나도 아버지요! 심청이처럼 죽일 수는 없지 않것습니까? 이놈이 속죄하는 마음으루다 아씨를 잘 모시겠습니다.
귀덕이네	그럼 모두 바라는 대로 열녀도 만들어 드리고…, 꽃상여도 태워 드리고, 아씨도 자유를 얻으니 이거야말로, 뭐야, 꿩 먹고 알 먹고 아닌가요?
사람들	(양반 앞에 엎드려 빈다) 사람 한 번 살려 주십시오! 제발 살려 주세요~.
양반	으흠, 모두의 뜻이 그러하다면….
사람들	(기다린다) 예!
양반	나는 이 자리 없었던 것으로 하겠네.
선달	나리!
사람들	(좋아서) 예, 예!!!
귀덕이네	예, 예! 안 보여요, 안 보이시네요. 나리가 어디 계셔요?

사람들	허허허….
귀덕이네	(깊게 서럽게) 에휴우~.

사람들 잠시 멈춘다.

사이, 비도 멈추었는데

아무도

아는 척을 안 한다.

귀덕이네	(가만히 양반을 본다) 인저 보니 우리 나으리가 귀인상이시네요.
	귀도 그렇고, 입매 하며 귀인이시네요….
만홍	(깊게 운다) 우우우우우우우우우우우우우우우….
귀덕이네	(앉은 절) 고맙습니다요.
양반	내가 인사받을 일을 했는가….
개동	쇤네 죽을 때까지 은혜 잊지 않겠습니다요.
만홍	(눈물을 먹고) 고맙습니다요….
양반	(선달에게) 곧 날이 밝겠으니 서두르는 게 좋겠군.
	자네가 손을 보태시게.
선달	알겠습니다. 객사로 하면 모시기가 좋겠습니다마는….
양반	객사라…. 거 좋은 생각이군. 집 밖에서 죽으면 귀신이 붙었다
	하여 집안으로 들이지 않고 장례를 지내니, 시체 바꿔치기 한
	걸 들킬 염려는 없겠군. 좋은 생각일세….
선달	그럼 자네는 일단 아씨와 시신의 옷을 바꿔 모시게.
만홍	예, 나으리!
귀덕이네	(나가 보며) 나으리, 비가 그쳤어요!

양반	(나가 하늘을 보며) 어허 그런가!

사람들 나간다.
만홍이 옷을 갈아입히고 귀덕이가 돕는다.
마당에 나와 서는 사람들
별을 올려다본다.

귀덕이네	비가 요렇게 딱 그치다니…. 신통방통해라!
	이것 보셔요. 풀이슬이 맺히고 별이 높아졌어요.
	오늘 날이 참 좋것어요.
양반	별 좋다! 바람이 시원하구먼!
선달	(개동에게) 너는 시신을 집안으로 모시지 말고 뒷산 나무에 목을 매어라!
개동	예!
선달	목을 매어 죽은 시신은 사람들이 겁을 내어 보기를 두려워하니 시체가 바뀐 것을 들킬 걱정은 없을 것이다.
개동이	예!
선달	자네는 아씨를 모시고 내려가게.
귀덕이네	예, 명령대로 합죠.
선달	배는 언제 떠나는가?
남경상인	마침 모레 배가 뜨니 곧 아씨를 모시고 중국으로 가겠습니다.
귀덕이네	오늘 밤 이게 뭔 일이래요? 꿈이여 생시여?!
양반	사람 일 모른다더니 오늘 이 무슨 조화인지 모르겠네.
귀덕이네	심청이 조화지요.

양반	심청이 조화라….
귀덕이네	심청이가 원래 그런 아이여요. 심청이만 보믄 싸우던 개도 웃는다니까요.
양반	허허허 싸우던 개가 웃어!

새벽별이 총총한데
하늘에 나무에 별이 가득하다.
사람들 마음도 맑아서 반짝인다.
아씨가 시신의 옷을 입고 나선다.

개동	(조급하여) 해 뜨것어요. 어서 갑시다.
만홍	예, 갑니다!

아씨를 모시고 나오는 만홍
귀덕이네가 아씨를 모신다.

귀덕이네	아씨!
남경상인	어서 갑시다!
귀덕이네	(아씨의 보따리를 챙겨 안으며) 귀덕아!
귀덕이	알았어요! 지가 정리해서 내려갈게요.
귀덕이네	(아씨를 부축하며) 누가 볼라, 아씨 어서 갑시다요!

아씨가 가다가 돌아서 양반과 선달에게 다가와 곱게 절을 한다.

아씨	나으리, 만수무강하세요!
양반	아니, 이건 또 뭐야?
만홍	아씨!
아씨	저는 이제 죽었으니 이승에서 다시 못 보겠지요.
양반	아이구, 예. 저승에서나 봅시다!
아씨	예, 고맙습니다.
귀덕이네	(부른다) 아씨, 어서요!
만홍	아씨, 어서 가세요!
개동	우라질, 사람들 다 깨나겠네!
만홍	간다, 이놈아! (양반에게) 그럼 쇤네도 이만 갑니다요.
양반	오냐 가거라!

모두 나가고

선달	(은밀하게) 숙부님, 어찌 할까요
양반	뭣을 어찌 해?
선달	저들을 믿어도 될지…. 남경으로 간다지만 종형수가 정신이 온전치 못하니 나중이라도 들통이 나서 가문에 누가 되진 않을는지 심히 걱정스럽습니다만…. 모 대감댁 며느리도 열녀문을 내렸다가 거짓임이 들통 나 자손들 벼슬길이 다 막히지 않았습니까? 만에 하나 이 일이 들통 나면 벼슬 하나 없는 저야 상관없다지만 관직에 몸담고 계신 숙부님께서 화를 입으시진 않을까 염려됩니다.
양반	과거에 급제한 지 얼마나 되었느냐?

선달   봄이 세 번 지났습니다만….

양반   벌써 그리되었느냐? 내 다음 봄에는 벼슬에 들게 조치하마.

선달   아이고 그리만 해주신다면야….

           저도 오늘 밤 여기에 없던 것으로 하겠습니다.

           그럼 배 떠나는 것까지만 확인을….

양반   은혜가 그리 없어 어찌할꼬! 죽었다지 않느냐, 이승에서 다시 볼 일은 없을 것이다. 다행히 시신도 있으니 이만 정리하자. 나는 형님 댁으로 올라가 자초지종을 아뢸 터이니, 너는 만흥이를 따라가 일이 되는 것을 보고 문중에 부고를 내어라! 만에 하나 실수가 있어서는 여러 사람이 다칠 것이니, 매사에 신중히 처리하도록 해라!

선달   알겠습니다. 염려 놓으십시오, 한 치의 소홀함이 없이 처리하겠습니다.

양반   어서 가 보거라!

선달   예!

     선달 나가면

양반   별이 나무에 걸리니 마음이 참으로 싱그럽구나!

           "心淸事達(심청사달) - 마음이 맑으면 하는 일이 다 잘 이루어진다!"

           심청이 그 心淸(심청)인가

           싸우던 개가 웃었다…. 허허허~~

           그런 세상이 오면 좋겠구나~~~~~.

양반 나가면 귀덕이 털썩 주저앉아 가슴을 쓸어내린다.
제상으로 가 절을 하고 정리하며

귀덕이　　삼신 할머니, 오랜만에 와서… 굿을 하고 가네요. 아씨가 살게
되어서 참말 다행이어요. 고맙습니다. 심청이는 잘 왔다 갔어
요? 어쩌나 정신이 없던가 알은 채 안 한다고 삐졌을까요? ㅎ
ㅎㅎ. 참으로 죽어서도 사람들을 살피는 것이 심청이는 진정
하늘의 선녀가 맞는가 보아요.
(책을 올리며) 지가 심청이 이야기를 지었어요. 심청이 좋아하는
곤드레밥 짓듯 고슬고슬 맛이 나게 지었어요. 제목은 '심청전'
이어요. 심청이 오믄 전해 주세유. (책을 어루만지며) 재주는 타고
난 대로지만 정성만큼은 젖 먹던 힘까지 다했으니 이쁘게 봐
주라고 해주세요!
(그리운) 심청아 놀자~.

　심청이 같은 바람이 지난다.

귀덕이　　(책을 읽는다) 송나라 원풍 말년에 ~~~

　心淸(심청) 맑은!

끝.

숙영낭자傳을 읽다

꽃가마

소녀 girl

심청전을 짓다

소녀 girl

춘섬이의 거짓말

등장인물

죽은 소녀 (실종당시 어린소녀)

사내 (상주)

남자 (사내의 동생)

여인 (남자의 아내)

젊은이 (남자의 아들로 농아)

야야 (여성, 동네칠푼이)

마얀 (미얀마 여인)

안경 (미얀마 여인의 통역 자원 봉사자)

조문객

애정 (사내의 딸)

사위 (처녀의 예비신랑)

1. 喪家(상가)

조등이 켜진 아래, 죽은 소녀(이하 '소녀')가 있다.

소녀 옆에는 짚신 3개, 밥그릇 3개, 술잔 3개가 놓여 있다.

조화로 쓰이는 국화 바구니를 지나면

만장이 드리워진 아래에 제상이 놓여 있다.

제상에 놓인 초상화 속의 할머니 얼굴이 낯설다.

상주 석에 술상을 놓고 술을 마시는 사내.

그 건너편에 사내의 동생인 남자와 남자의 아들인 젊은이가

상여를 꾸미고 있다.

동네 칠푼이인 늙은 야야가 광대 꾸밈으로 얼굴에 분장을 하고 배를

불룩하니 우스꽝스럽게 만들어

'백세인생(트롯곡)'을 부르며 논다.

야야   (노래한다) 칠십 세에 저세상에서 날 데리러 오거든….

미얀마 여인과 안경청년 야야의 노래에 맞춰 함께 춤을 춘다.

- 안경청년은 미얀마 여성 마얀의 통역봉사자로서 이후 마얀과는 영

어로 대화(*굵은 글씨)하며 사람들과 마얀의 대화를 통역한다.

마얀   (야야에게 사진을 가리키며 영어) **내 어머니 노래 '아리랑'.**

안경   (야야에게 통역해 준다) 어머니 노래!

야야	어머니 노래!
마얀	**나를 가르쳐 주었다.**
야야	(마얀을 끌어안고 노래를 불러 버린다) 아리 아리랑 쓰리 쓰리랑~.
마얀	(함께 노래한다) 아리 아리랑 쓰리 쓰리랑~.
여인	(부른다) 야야! 그만 떠들고 이리와!
야야	야! (여인을 쫓아간다)
마얀	(안경청년에게) **우리 장례식이랑 똑같다.**
안경	**버마도 그런가…?**
마얀	**우리도 슬픔을 위로하는 노래를 함께 부른다.**
안경	한국은 이제 도시에서는 잘 안 한다.

2. 弔問客

동네 여인- 조문객이 국화 송이를 들고 오자 모두 하던 짓을 멈추고 조문객을 받는다.

국화 송이를 제상에 놓고 절을 하는 여인이 상주들과 맞절한다.

조문객	아이고, 참으로 이게 뭔 일이래요.
안경	(마얀에게) **이웃사람이다.**
사내	사람 사는 게 요지경이여….
안경	(마얀에게) **한국은 장례식에 이웃들이 서로 돕는다.**
마얀	**버마도 그렇다!**

사내	저녁 먹고 가!
조문객	예!

처녀가 상을 들고 와서 조문객에게 놓아주고 핸드폰 보며 나간다.

조문객	(남자에게 인사한다) 식사하셨어요?
남자	먹었어, 어여 식사해!
조문객	(젊은이에게 밥 먹었냐고 손짓한다) 밥 먹었어?
젊은이	(놓아, 손짓 + 소리) 우-우-우아우? (나도 먹었다 아저씨는?)
조문객	우리 아저씨 서울 갔어! (먹는다)

3. 백년손님

처녀가 사위를 데려온다.

처녀	아버지!
사위	아버님!
사내	자네 왔는가?!
사위	예, 아버님!
사내	어서 와, 혼자 왔나?
사위	부모님은 이따가 오신다고….
사내	이런, 욕보시네. 자네 먼 길 오느라 고생했어!

처녀가 조화를 챙겨준다.

사위가 조화를 놓고 절을 올린다.

안경   **사위 될 사람이다.**

마얀   **아, 그러냐? 저 여자와 저 남자가 결혼하나?**

안경   **그런 것 같다.**

　　　사위와 상주와 맞절

사내   (걱정하여) 부모님은 뭐라셔?

사위   일단 올해는 넘겨야 하지 않느냐고….

사내   어허!

사위   그런데 내년은 형 결혼이랑 또 겹쳐서….

사내   그렇지!

사위   그래서 이따 오셔서 의논하신다고….

사내   그래야지. 인륜지대사인데… 환장허네….

애정   식사는?

사위   안 했어.

사내   어서 밥 챙겨줘라.

애정   예.

　　　처녀가 나가자 사위도 얼른 따라 나간다.

마얀	무슨 말인가?
안경	올해 결혼을 하게 되었는데, 지금은 못한다고 걱정한다.
마얀	결혼을 못해?
안경	못한다.
마얀	헤어지냐?
안경	아니다. 할머니 장례랑 겹쳐서 올해는 못하고 결혼 날짜를 다시 정한다고 한다.
마얀	한국 법도냐?
안경	그렇다!

4. 지겨운 싸움

사내가 술병을 거칠게 내려놓고 남자에게 가서 발길로 찬다.

사내	너 이 자식!
	너 뭐여?
	니가 이놈아…!
	너 때문에….
	어째서 네 마음대로….
	어떻게 할 테냐?
	이 썩을 놈~.

소녀가 만장 사이로 싸움을 내다본다.

사내와 남자의 몸부림 - 사람들은 놀래 사내와 남자를 피해

상여를 들고 - 젊은이

밥상을 들고 - 조문객

마얀과 안경청년은 제상을 막는다.

마얀	**왜 이러는가?**
안경	**모르겠다.**
마얀	**우리가 와서 화가 났는가?**
안경	**모른다.**

5. 상식

여인	(상식 상을 들고 외친다) 상 들어가요!

여인의 소리에 바로 싸움을 멈추는 두 사람.

모두 제 위치로 돌아간다.

여인이 상식상을 받들고 온다.

야야가 음식을 들고 뒤따른다.

모두 서서 두 손을 모으고 맞는다.

애정이 치마를 잡고 들어오는 사위.

애정이 사위 손을 뿌리친다.

여인이 제상의 밥을 내리고

새롭게 밥과 국을 올린다.

소녀가 나와 자리하고

모두 절을 올린다.

애정이 제상에서 내린 음식을 들고 나간다.

사위가 또 따라간다.

야야가 사과를 훔쳐 만장 뒤로 숨는다.

6. 의심

사내   술 가져 와!

여인   손님들도 오시는데 그만 하세요!

사내   참, 집안 꼴 좋다! 제수가 시아즈버니한테 훈수를 다 두고….

여인   애정아, 너의 아버지한테 술 한 병 가져다 드려라!

사위가 처녀 대신 얼른 술을 가져온다.

여인   (받아 놓아주며) 훈수가 아니라 몸 생각하시라고요….

사내   그런데 아무리 생각해도 내가 모르겠네….

남자   그만하쇼!

사내	(안경에게) 자네 말야, (마얀을 가리키며) 물어봐!
남자	어허, 나 참…!
사내	우리 고모가 맞는가? 이것이 사실인가? 물어 보라고~.
남자	(안경에게) 하지 마쇼!
사내	허 참, 알았어, 알았다고….
	아무튼 장례 끝나고 보자! (술을 들고 마신다.)
	(소리친다) 술 가져와!
여인	거기 가져다 놓았잖아요!
조문객	저기요…. (안경청년에게 사진을 주며) 이 사진 좀 한 번 보시라고 해 주세요. (마얀에게) 우리 이모인데 없어져서요….

안경이 사진을 받아 마얀에게 보여준다.

안경	**이분도 가족을 잃어버렸는데 혹시 본 적이 있냐고 봐 달라고 한다.**
마얀	(사진을 본다) **우리 고향에 한국 분들이 몇 분 계셨는데 다 돌아가셨다.**
여인	(조문객에게) **누구…?**
조문객	숙자 이모요!
여인	숙자 이모가 뭐?
조문객	아니, 우리 이모도 거기 붙잡혀 가셨나 해서….
여인	너의 이모는 6.25 한국전쟁 때 잃어버렸다매? 이건 번짓수가 다르지.
안경	(마얀에게) **한국전쟁 때 잃어버렸대요.**

조문객	아니, 울 엄마가 못 잊고 아직도 찾으니까 물어보는 거예요.
마얀	**한국전쟁은 아니다. 2차 세계대전 때 일이다. 일본 전쟁 때 일이다. 미안하다. 이런 분은 못 보았다.**
안경	(사진을 돌려주며) 한국전쟁 때 일이 아니라 못 보았대요.
조문객	(사진 받으며) 예, 고마워요.

사내가 술병을 놓고 다시 따진다.

사내	아니, 당최 믿어지질 않아. 10년 20년도 아니고 고모라니…. 허참. 너는 뭣을 믿고 고모라고 받았냐?
젊은이	(여인에게 - 무슨 일이냐?) 우으우어~.
여인	(수화로 "큰아버지가 술 취해서 그래 사내에게") 술 좀 그만 드시라니~.
남자	저분이 김옥례요, 김옥례! 우리 고모! 뭣을 또 믿을 것이 있소! 형님도 너무 그러지 마시오.
사내	뭣을 너무 그러지 말어?!
남자	이미 생겨난 일을 어쩌겠소? 우리 고모가 아니라고 내다 버리겠소? 조상은 중하지 않고 자식 혼사만 중하오?
사내	(남자에게 달려들어 주먹질을 한다) 이 싸가지 없는 자식!

사람들이 말린다.
싸우는 소리에 처녀와 사위도 달려 나와 말린다.

야야	(술을 뿌린다) 불이야, 불이야!

| 사내 | (야야에게 달려들며) 이년이! |
| 야야 | (제상 뒤로 도망간다) 야야 아파! |

사람들 씩씩거리며 앉는다.

사내	(안경에게) 자네 물어봐!
남자	하지 마시오!
안경	…?
사내	(소리친다) 진짜 우리 고모가 맞느냐 물어보라고!
안경	아 예, (마얀에게) **가족이 맞냐고 묻는다.**
마얀	**의심하냐?**
안경	의심하시냐고…?
사내	의심이 아니고 이게 70년이 더 된 일이니까, 내가 몰라서….
안경	**의심이 아니고 몰라서 그런다.**
마얀	**그럼 가져가겠다!**
안경	유골을 가져가신다고….
남자	안돼요!
안경	**안 된다고 한다.**
마얀	**의심하지 않느냐!**
안경	의심하지 말라고….
사내	그러니까, 의심 안 할라고 물어보는 거 아닌가. 물어도 못 봐?
안경	**의심이 아니다. 할머니 이야기를 해주면 좋겠다.**
마얀	(사내에게) **김만성! 아는가?**
여인	할아버님 아니어요?

남자	그렇지.
마얀	(남자에게) **정금순! 아는가?**
여인	할머니시네!
마얀	**옥수면 어연리 심곡말 김옥례! 아는가?**
남자	심곡말 김옥례 맞네, 우리 고모!
사내	그래 맞네, 맞어!
안경	**맞다고 한다.**
마얀	**저 유골을 가져가겠다.** (나선다.)
남자	(막는다) 안 된다.
사내	그럼 왜 우리 고모가 거기 나라에 갔냐 물어봐!
안경	**왜 거기 갔냐고….**
사내	아잇적 열두 살에 잃어버렸다는데,
	버어마가 어디라고,
	소식 한 자 없이 살다가 70년이나 지나서 이러면 믿것냐고!?
	왜 거서 죽어서 이제 왔냐? 물어봐!
안경	**열두 살에 잃어 버렸다. 70년 동안을 소식도 없이 살다가 왜 이 제사 왔는가?**
마얀	**정말 모르나?**
안경	진짜 모르냐고….
사내	모르지!
안경	**모른다!**
마얀	**식구가 없어졌는데 찾지도 않았나?**
안경	식구가 없어졌는데 왜 안 찾았냐고….
사내	거기 가 있는 줄 알았으면 찾았지.

내 나라도 아니고 버어마가 어디야?

동네 밖으로 나가 본 적도 없는 열두 살짜리 소녀가 어디 있는 줄도 모르는 나라에 가 있을 줄을 꿈엔들 알았겠냐고….

안경   **열두 살 소녀가 버어마에 간 줄은 몰랐다.**

여인   그리고 찾았어요. 아버님이 얼마나 찾았는지 몰라요. 내가 시집오니까 아버님이 여동생이 열두 살 때 동무 집에 간다고 나가서 없어져서 집안이 발칵 뒤집어졌다고 하시면서, 틈만 나면 팔도강산을 메주 밟듯이 돌아다니며 찾고 또 찾고…. 모르는 소리 말아요.

안경   (말이 너무 길면 통역이 어렵다) 저기요….

여인   (억울하여 아랑곳 않고) 고모님 때문에 우리는 밤에 문도 안 잠그고 잤어요. 우리 아버님이 돌아가시기 전까지도 사뭇 못 잊고 찾으셨어요. 이산가족 찾기도 나가고…. 결국은 못 찾았고 애가 타서 돌아가셨지만 얼마나 찾았는데요…. 안 찾았다니, 오해예요.

안경   (전체 통역 불가능, 짧은 영어로) **오해다, 가족이 찾았다, 불가능했다.**

사내   고모가 없어진 게 일제 때니까 우리는 태어나기도 전의 일이지.

안경   **실종된 것이 일본 식민지 때이다. 태어나기 전이다.**

사내   실종된 고모가 있었다는 말만 들었지, 보기를 했나, 전혀 몰랐지.

안경   **전혀 모른다.**

남자   사느라 바빠서 알아볼 염도 못했지.

안경   뭐라고 해야 하지요?

남자	뭘 뭐라고 해, 입이 열 개라도 할 말이 없지!
처녀	돌아가신 할아버지 뒤를 이어서 찾는 게 맞는데, 못 찾아서 미안하다고 하면 되겠네요.
안경	**미안하다고….**
처녀	할아버지 이야기도 해야죠.
안경	**아, 예. 할아버지가 찾았다, 이분들이 계속 찾지 못해 미안하다.**
여인	버마가 어디야? 그 먼 땅에서 이렇게 오실 줄은 참으로 몰랐지.
안경	좋다는 건가요, 나쁘다는 건가요?
여인	우리 가족 일인데 좋고 나쁜 게 뭐야. 학생 같으면 안 그렇겠어요? 죽었는지 살았는지 소식도 모르던 사람이 산사람도 아니고 귀신이 되어 돌아왔는데 놀라서 그렇지!
안경	**이 사람들은 잃어버린 가족이 죽어서 돌아와서 매우 놀랐다.**
처녀	그렇게 말하면 안 되죠. (영어로) 쏘리, 아임 쏘리! 모두 놀랐지만 고맙게 생각한다.

야야가 초상화를 보며 빈다.

야야	쏘리쏘리 할머니! 땡꾸 땡꾸 할머니!
마안	**그녀가 말하기를, 어머니 심부름 가는 길에 일본 군인들에게 납치되었다.**
안경	일본군에게 납치되었답니다.
사람들	납치!

안경	**일본군에게 납치된 것이 맞냐?**
마안	**맞다!**
사내	어허!
사위	그럼 정신대입니까?
안경	위안부냐고 묻는 겁니까?
사위	일본군한테 끌려갔으면 그거 아닌가?
처녀	그만해!
안경	**위안부냐?**
마안	**그렇다.**
사위	그럼 일본군 성노예 아냐?!
안경	**일본군 성노예냐?**
처녀	그만하라고!
사위	왜 화를 내?!
처녀	자기 할머니가 아니라서 그런 말이 그렇게 쉽게 나오니?
사위	내가 뭐?
사내	모두 그만두지 못해!

사람들이 제단을 본다.

소녀가 몸을 상 아래로 숨긴다.

야야도 숨는다.

7. 진실

마얀	**모두 할머니 이야기 듣기를 원하나?**
안경	할머니 이야기 듣고 싶으냐고….
남자	들어야지, 알아야지.
안경	(사내에게) 하라고 할까요?
사내	(고개를 끄덕인다) 알 건 알아야지!
안경	**모두 듣고 싶다, 알고 싶다!**
마얀	**그녀가 말하기를,**
	일본군인들이 심부름 다녀오던 열두 살 아이를 잡아다가 저울
	에 달아 보고는
	덩치가 있으니 다 컸다고 잡아갔다.
	중국으로 버마로 전쟁터마다 끌고 다녔다.
	보지가 작다고 칼로 쭉 찢어서 남자들을 받게 했다.
	잠도 안 재우고 먹을 시간도 없이
	하루에도 군인들이 40명, 50명씩!
	군인들의 공중변소다. 아느냐, 군인들 공중변소!
안경	(딸꾹질을 한다) !
마얀	**전해라!**
안경	(못한다) ….
마얀	**왜 말을 못하나?**
안경	(못한다) ….
마얀	**말해라! 전해라!**

안경	(못한다) ….

처녀가 나서서 전한다.

처녀	'열두 살에 왜놈들에게 끌려가 (망설인다) 보지가 작다고 칼로 찢어가면서 잠자고 밥 먹을 시간도 없이 하루에도 40명씩 50명씩 군인들을 (욱~ 구토를 참으며) 공중변소로 살았대요.
사람들	(놀란다) !
젊은이	(어머니에게 묻는다 - "무슨 소리냐") 푸푸푸!
여인	(수화로 달랜다. "할머니가… 지금 그랬다는 게 아니고 옛날에 그랬다고") ~~~.
처녀	(영어로 마얀에게) **내가 전할게요, 말하세요.**
마얀	**아이가 생겼는데….**
처녀	아기가 생겼는데….
젊은이	(소리친다.) ㅇㅇ~ (처녀에게 입을 가리키며 수화로 "내게 입을 보여줘 내가 이야기를 볼 수 있게")
처녀	(입모양을 청년에게 보이게 하며 약간의 수화와 함께) 할머니에게 아기가 생겼는데 (마얀에게) **계속 말씀하세요!**
마얀	**마취도 하지 않고 배를 갈라 아이랑 자궁을 들어내고….**
처녀	(다시 묻는다) **아기를 낳으면서 일이냐?**
마얀	**아니다, 배가 부르면 군인을 받지 못하니까 죽여 버리고, 배가 많이 부르기 전에 배를 갈라 아이와 자궁을 들어내고….**
처녀	임신을 하면 (말을 잇기 어렵다) 배가 부르면 남자를 받지 못한다고 배를 갈라 (울상이 되어) 아이와 자궁을 들어내었대요.

여인	아이고, 저런 쳐 죽일 놈들!
마얀	**아이를 죽이고….**
처녀	애를 죽이고….
마얀	**평생 자식을 낳을 수 없게 만들었다.**
처녀	평생 아이를 낳지 못했다.
마얀	**일본 놈들이 전쟁에 지게 되니까….**
처녀	전쟁에 지게 되니까….
마얀	**구덩이에 한꺼번에 쓸어 넣고….**
처녀	구덩이에 쓸어 넣고….
마얀	**몰살을 하는데….**
처녀	몰살을 시켰다.
마얀	**위안부 증거를 없애 버리려고….**
처녀	위안부 증거를 없애 버리려고….
마얀	**총으로 쏘고….**
처녀	총으로 쏘고…
마얀	**기름을 붓고, 불 지르고….**
처녀	불태워 죽이고….
마얀	**다행히 어머니는 총알이 다리에 맞아 간신히 살았다!**
처녀	총알이 다리에 맞아 살았다!
마얀	**다리를 질질 끌며 우리 동네로 도망 왔다.**
처녀	다리를 질질 끌며 이분 동네로 도망쳤다.
마얀	**평생 절룩거리며 한 다리로 살았다.**
처녀	절름발이로 살았다.
젊은이	(소리) 끄-윽-우-우-우-우~~~~~(어머니에게 수화로 "저 말이 사실이냐?")

여인	(수화로 "진정해!") 애 또 큰일 나것네~.
남자	왜 집으로 안 오고?
처녀	**집에는 왜 안 왔나?**
마얀	**더럽혀졌다고….**
처녀	더럽혀졌다고….
마얀	**집안 망신 줄까 봐, 돌아오지 못하고 살았다.**
처녀	집안에 흉이 될까 봐 돌아오지 못했다.
마얀	**우리 동네서 남의 집 일을 해 주며 살았다.**
처녀	남의 집 일을 거들며 살았대요.
마얀	**전쟁고아인 나를 키워 주었다. 공부도 가르치고 시집도 보내 주었다. 나의 어머니다. 난 은혜를 갚아야 한다. 그래서 모시고 왔다.**
처녀	이분이 고아인데 할머니가 키우고 가르쳐 주어 시집도 보냈대요. 어머니라고, 은혜를 갚는다고 모시고 왔대요.
마얀	**나는 한국말 세 가지 안다.** (한국말) 김만성, 정금순, 어연리 심곡마을. **어머니 소원이다. 그래서 다 잊어 버려도 부모님 이름과 고향 이름은 잊지 않았다.**
처녀	어머니 소원이라서 잊지 않았다.
마얀	**고향에 돌아오는 것.**
처녀	고향에 돌아오는 것.
마얀	**이제 죽어서 돌아왔다!**
처녀	이제 죽어서 돌아왔다!
마얀	**당신들은 어머니를 모른다.**

처녀	우리는 할머니를 모른대요.
마얀	**그녀는 매일 밤마다 울었다.**
처녀	할머니가 매일 울었대요.
마얀	**집에 가고 싶어서….**
처녀	집에 돌아오고 싶어서….
마얀	**그런데 당신들은 어머니를 모른다고 한다.**
처녀	왜 할머니를 모르냐고….
마얀	**왜 우리 어머니를 잊어버렸냐?**
처녀	왜 잊어버렸냐고….
여인	아니여! 잊은 게 아니여. 그렇게 말하면 오해야!
처녀	**안 잊었다.**
여인	몰랐지, 이런 기맥힌 일이 내 집에 있는 줄은 몰랐지.
처녀	(영어로) **우리는 정말 몰랐다.**
마얀	**우리 어머니는 가족들 보고 싶다고 맨날 울고….**
	(울며) **어머니, 이제야 모시고 와서 미안해요 어머니!**

마얀이 유골을 잡고 운다.

젊은이가 칼을 들고 몸부림을 치며 벌떡 일어난다.

사람들 놀라 피한다.

야야	(막으며) 하지 마! 하지 마! 야야 아파! 하지 마!

여인이 가서 칼을 뺏는다.

8. 아이고~

여인 초상화를 보며 소리 한다

여인   아이고! 불쌍해라!
        아이고 불쌍해!
        조선의 딸로 태어나
        위안부가 웬말이요.
        그 어린 것이
        얼마나 무서웠을까~.
        얼마나 힘들었을까~.
        아이고 서러워라. 그냥 집에 돌아오지.
        남의 땅, 남의 나라에서 그 고생이 웬말이오.
        억울해서 어찌 돌아가셨으며
        서러워서 어찌 눈을 감았을꼬.
        이제라도 고향에 돌아왔으니
        우리 고모님 가슴에 맺힌 설움, 눈물일랑
        우리 후손 가슴에 남겨 주시고 훨훨 날아가시오!
        내 이 몸땡이가 다 녹아지도록 잊지 않을게요.
        아이고 불쌍해라~.

마얀   **어머니,**
        다시 태어나면
        전쟁 없는 곳에서 태어나

사랑도 하고

시집도 가서 아가도 낳고 행복하게 사세요!

마얀과 여인이 서로 부둥켜안고 운다.

야야   (사내의 어깨를 친다.) 슬퍼요….

야야가 사내 앞에서 치마를 걷어 올린다.

사람들이 놀란다.

야야가 늘 그랬단 듯이 엉덩이를 사내에게 들이댄다.

사내   (야야를 때리려 손을 올린다) 이게!
처녀   (소리친다) 아버지 안돼요!

조문객이 야야의 치마를 내려준다.

조문객   야야, 너 왜 이래!
야야   오빠, 슬퍼요!
사내   (가슴을 친다) 어유! 어유! 그만해 이년아!
야야   (따라서 소리친다) 그만해 이년아! (차렷한다.)

소녀가 제상 너머로 사람들을 바라본다.

9. 상여소리

남자	(일어서며) 상여나 매 보자구!
안경	**내일 장례식 연습 하자고 한다.**
남자	형님, 이리 오시고…,
사내	(목이 메어) 나 못 맨다….
남자	어허~.
사내	내가 무슨 자격으로 상여를 매냐….
	나 못한다!
남자	형님, 이리 오시오.
	여기 아무도 자격이 없어.
	이거 상여를 매면 자격이 생겨, 그러니 오시오!
사내	난 못해! (일어선다.)

나가려는 사내를 마얀이 붙잡는다.

사내가 말을 못한다.

마주 보는 두 사람 서로 고개를 끄덕인다.

사내	(마얀에게) 내가, 이놈이 아무것도 아는 것도 없이
	무지해서 우리 고모가 저렇게 죽었습니다.
	내가 미안합니다.
안경	**미안하다.**
마얀	(미얀마어로) *고맙습니다.*

남자	(사위에게) 자네도 오고, (젊은이에게) 이리 와~!
	(안경에게) 자네도 거들어….
안경	예, (미얀에게) **나도 함께하게 되었다.**
미얀	**고맙다.**
안경	**아니다. 나도 잘 몰랐다. 나도 미안하다.**
여인	(미얀에게 가서 손을 잡고) 우리 고모님 모시고 와 줘서 고마워요!
미얀	(고개를 끄덕인다) **고맙습니다. 고맙습니다.**
여인	우리 같이 잘 보내드려요! (부른다) 야야! 너두 와~.
야야	(온다) 예!
남자	(살펴보며) 자, 저승길 가 보세!
사람들	(대답한다.) 예!

사람들, 의관을 차리고 상여를 맨다.

소녀가 나와서 상여에 탄다.

남자	(요령을 흔들며 상여 소리) 북망산천이 머다더니
	내 집 앞이 북망일세~.
	이제 가면 언제 오나 오실 날이나 일러주오~.
사람들	너허 너허 너화너 너이가지 넘자 너화 너~.

야야가 춤을 추며 앞장서면

사람들, 남자의 소리를 받으며 상여를 매고 무대를 돈다.

10. 출산! (다시래기)

야야가 배를 안고 몸부림친다.

야야   아이고 배야!

사람들이 본다.

야야   (배에서 아기 인형을 꺼내 든다) 응애! 응애!
       아가가 나왔다!

사람들이 기가 막혀 웃는다.

11. 병신춤

야야   (병신춤을 추며 노래한다) 아리 아리랑 쓰리 쓰리랑 아라리가 났네~.

사람들 함께 아리랑을 노래하며 병신춤을 추며 한을 풀어낸다.

야야   (크게 소리친다) **기분 좀 나아지셨어요?**
안경   **기분 좋아졌어요?**

마얀	**예~~~~.**
사람들	예~.
야야	고맙습니다!
안경	**고맙습니다!**
마얀	(야야를 안으며) **고맙습니다!**

바람소리가 들린다.

사람들이 제상을 바라본다.

사위	(제상에 엎드려 절을 한다) 할머니, 미안합니다!

모두 정성껏 절을 한다.

소녀가 훌훌 떠나간다.

제상의 불이 꺼진다.

끝.

두영낭자傳을 읽다

꽃가마

꽃가마

심청전을 짓다

소녀 girl

춘섬이의 거짓말

등장인물

　　　늙은 가마꾼
　　　젊은 가마꾼
　　　이승지
　　　초희
　　　양지당
　　　어멈
　　　막년
　　　도치
　　　하길
　　　매골승(埋骨僧)
　　　여인

　　　　　옛날에 옛날에~

1.

밤.

사위가 고요한데

가마꾼이 가마를 메고 온다.

흐르는 땀.

그 뒤를 미행하는 이승지.

가마가 비로소 멈추고

이승지도 따라서 멈춰 가마 일행을 엿본다.

초희   (얼른) 다 왔소?

늙은가마꾼 (이하 가마꾼 - 땀을 닦으며) 모릅니다! 다 왔는지 앞으로 더 가야 할

지 우리도 모릅니다.

초희   (소리) 여기가 어디요?

가마꾼   기다리면 압니다.

초희   (소리) 문 좀 열어주시오.

가마꾼   못 열어 드립니다.

초희   (소리) 아, 숨 막혀!

2.

이승지가 모르는 척 들어선다.

가마꾼이 일어서 승지를 맞는다.

가마꾼   아이구, 나리 오셨습니까요.

이승지   음, 그래. 누구 본 사람은 없고?

가마꾼   예, 미리 말씀하신 대로 길을 돌아와서 아무도 알아보지 못했을 것입니다요.

이승지   어떤가?

가마꾼   (은밀한 척) 아까부터 답답하다고, 문을 열어 달라고….

이승지   (거부하며) 이런…. 삼거리 주막에 가 있게. 내 곧 갈 터이니….

가마꾼   저 드릴 말씀이….

가마꾼이 고갯짓을 하자
젊은 가마꾼(이하 젊은측)이 가마를 보며 나간다.

가마꾼   (주머니에서 돈을 내밀며) 몸땡이는 하난데 오라는 데가 많아서 이 돈으로는 더 이상 모시기가 곤란하구먼요. 사실 오늘 밤만 해도 강참판 댁에서도 부르고, 윤대감 댁에서도 오라는 걸 나리가 하도 애타게 조르시길래 마다하고 왔습니다만, 품팔이루다 하루 벌어 하루 먹는 처지라 어쩔 수가 없습니다요. 아씨 어머님께서도 어멈을 보내서는….

이승지   허 이런, 품셈이 고약하구먼. (돈을 꺼내어 던져주며) 어서 가 있거라.

가마꾼   (돈을 건너보며) 아이, 목구멍이 포도청이라…. 딸린 식구는 또 어찌 많은지, 제비 새끼들처럼 아가리를 벌리고 이놈 손만 바라

보고 사는지라….

이승지 이런 이런…. (노려보며 돈을 세어 던진다.) 어서 가 있거라!

가마꾼 (돈을 주워 들며) 나으리, 조금만 더 생각해 줍쇼. 혼자 먹는 것이 아니고 저 젊은 놈하고 나누는 거라서…. 사실 문제는 저놈입죠. 주둥아리가 가벼워서 돈으로 막아 놓지 않으믄 뭔 소리를 떠벌이고 다닐지 모르니, 허허, 조금만 더 쓰시죠 나리.

이승지 이런, 이런…. (다시 돈을 세어서 주며) 거저 주는 돈이 아니니, 아이 놈 주둥아리 단속 잘하고, 행여 일이 그르칠 시에는 네놈 모가지부터 달아날 줄 알아!

가마꾼 예, 예, 잘 알겠습니다요.

이승지 (가마문을) 열어라!

　가마꾼이 가마 문을 열어주고 물러난다.

이승지 (가마를 향해 부른다) 나오시오!

　여인이 못 나온다.

이승지 (소리 높여) 어서 나오시오!

3.

초희가 나온다.

헝클어진 머리

비루먹은 얼굴

찢어진 옷 사이로 속이 들여다보인다.

이승지   (고개를 돌리며) 꼬라지하고는…. 그게 얼굴이요? 꼴이 그게 뭐
         요?

초희가 이승지를 보고 절을 한다.

이승지   (외면하며) 절하지 마시오!

초희   (그래도 절을 한다.) 그간, (말이 엉킨다) 그간 강령, 기체후, 나리~.

이승지   도대체 에미라는 사람이 이리 무심할 수가 나? 어떻게 그 꼴
         로 돌아올 생각을 한단 말이오. 이게 사대부의 여인으로 할 짓
         이요!

초희   안 돌아와요, 안 돌아와~.

이승지   여인의 정절이 생명보다 귀중하다는 것은 세 살 먹은 아이도
         아는 터에 여성의 도리인 부도를 아는 것이요 모르는 것이오?
         임진왜란 때 계향이는 왜놈들이 손목을 잡자 손목을 자르고,
         팔을 잡자 팔을 잘라 버렸거늘….

초희   미안해요. (팔로 몸을 감싸며) 아, 아파, 아~~.

이승지   어휴~ 이놈의 팔자는 복도 지지리 없지. 아니 자네는 홍참판

댁 열녀문 받은 소문도 못 들었는가? 그 댁 아씨는 몸을 더럽힌 즉시로 자결을 하고, 열녀문을 받아 가문에 큰 도움이 되었는데 어찌 자네는….

긴말 필요 없소. (품에서 유서를 꺼내어 준다) 자네 유서요, 지장을 찍으시오!

초희　(유서를 쥐고) 아파요, 많이 아파요. 나 좀 의원에게 보여주오!

이승지　(못 보고 못 들은 척, 은장도를 던진다) 조상 전에 정조를 더럽힌 죄를 고하고 자결을 하였다면 세상 사람들이 자네를 열녀라 칭할 것이오.

초희　(헛구역질을 한다) 어억!

헛구역질을 하는 여자

남자가 여자의 배를 발로 차려다 멈추고 분하여 발을 동동 구른다.

젊은 가마꾼이 숨어서 지켜본다.

이승지　(당장이라도 밟아 죽일 듯 발을 들었다 놓으며) 에잇, 오랑캐를…. 씨를 가지고 뻔뻔하게 살아오다니, 몇 놈이나 올라탔냐? 에이 더러워라, 말해! 몇 놈이나 올라탔어? 몇 놈에게 짓밟혔는가 말야~.

초희　(이리저리 피하며) 아이구 나리! 무서워. 아가, 아가 때리지 마세요!

이승지　도무지 왜 죽지 않고 돌아왔는가 왜?!

장모는 누굴 망치려고 오랑캐에게 속환금까지 갖다 바치고 자네를 데려온 거지? 허허, 이거야말로 불구대천지원수가 아닌가…! 대체 누굴 죽이려고 살아왔는가 말이야….

	(은장도를 쥐여 주며) 이제라도 자결하여 가문을 도우시오!
초희	(빌며) 잘못했어요. 하길이 보면 죽을 거예요. 장가가는 거 보고 죽어요.
이승지	자네가 미쳤는가? 하길이 장가가는 것을 본다니…. 아니 미치지 않고서야…. 이거야말로 자식의 앞길을 망치고 우리 가문을 몰락시키려고 작심한 것이 아닌가!
초희	아니야, 아냐!
이승지	그럼 (은장도를 쥐여 주며) 자결하시오!
초희	(매달리며) 아가랑 하길이랑 살래요, 집에 안 가요. 하길이랑 살아요!
이승지	(뿌리치며) 에이 더러워. 배 속에 오랑캐 놈의 씨를 안고 살고 싶다니, 이리 뻔뻔할 수가…. 세상이 뒤집어지지 않고서야 어찌 그런 말을 입에 올린단 말인가? 이거, 내 입이 더러워 말을 할 수가 없구만! 에이, 퉤 퉤 퉤! 어서 지장 찍지 않고 뭐 하는 것이오!

여인이 놀라 손가락을 물어뜯어 피를 내어 지장을 찍는다.

이승지	(유서를 챙기며) 자결을 하면 가마꾼이 와서 자네를 발견하기로 하였으니 오기 전에 자결하시오!
초희	여보시오, 나리. 딱 한 번만, 제발, 하길이 한 번만 보고 죽을게요.
이승지	정신 차려! 하길이를 보면 자네는 살겠지만 하길이는 어찌 되겠소? 그 더러운 꼴을 보면 아이가 살겠는가 말이오. 과거는 볼

수도 없고, 평생 빌어먹는 파락호 한량으로다 살겠지. 그게 에미라는 작자가 원하는 것이오? 어디, 자식의 효심을 방패막이로 구차하게 더러운 목숨을 연명하는 것이 소원이라면 그리 하시오.

초희   (도리질) 나 죽어요, 아가도 죽어요. 나 죽어요, 하길이 살아요.

이승지   여보시게, (초희에게 다시 은장도를 쥐여 주며) 똑똑히 들어.

자네가 사는 즉시로

우리 가문도,

하길이도,

나도, 다 죽은 목숨이오, 알겠소!?

그래도 살 거야?

초희   (얼어서) 아니오!

이승지   자네가 에미인지 아닌지 봅시다. (나간다.)

홀로 남은 초희

얼이 빠져 머리를 두드린다.

이리 비틀 저리 비틀 일어나 절을 하고

은장도를 치켜드는데

젊은 가마꾼이 몰래 달려들어 초희의 입을 막는다

초희   (놀라 버둥대며) 아아아… 이… 사람 …살…

가마꾼이 저항하는 초희를 주먹으로 친다.

기절하는 초희

가마꾼이 메고 나간다.

문이 열린 채

덩그러니 놓인 빈 가마

승이 지나다 가마를 본다.

매골승   꽃가마냐, 꽃상여냐.

가마 안을 살펴본다.

가마의 낡은 장식이 부서져 내린다.

매골승   임자 없는 가마인가?

            (주위를 둘러보고) 안골이라면 저짝인가. (나간다)

4.

어멈이 초롱불을 밝혀 들고

양지당 일행(노비 막년과 도치)이 따라 들어선다.

양지당   (뒤따르며) 불을 끄게, 누가 볼까 무서우이.

어멈   (불을 끈다) 예, 마님.

양지당이 가마로 간다.

양지당	(빈 가마를 살피며) 초희야, 초희야. 가마꾼이 틀림없이 여기라 하던가?
어멈	예, 선산 머리서 나리하고 만나기로 하였다고 분명 들었습니다요.
양지당	(주위를 살피며) 가마는 있는데 초희는 어딜 간 게야.
어멈	(주저하며) 저 마님, 가마꾼이….
양지당	(나쁜 예감) 가마꾼이 뭐?
어멈	아씨가 임신을 한 것 같다고….
양지당	(휘청) 아이쿠!
어멈	그래서 승지 나리가 더욱 일을 서두른다고….
양지당	큰일이구먼…. 그예 이승지가 일을 저지를 모양인가…. 설마 벌써 일을 당한 건 아니겠지? 하길이에게는 사람을 보냈나?
어멈	예, 마님….
막년	마님, 그럼 저는 어찌 해야 하나요?
어멈	뭣을 어찌해?
막년	아씨가 임신을 하였다고 하시니, 그럼 품을 두 배로 받아야 하나유?
어멈	(기가 막혀) 뭐야?
도치	임자, 왜 이랴~.
막년	(당당하게) 한 사람인 줄 알았는데 둘이라고 하시니까….
어멈	저년이 터진 주둥아리라고 말이면 다 말인 줄 알아!
막년	아니, 뭐, 오랑캐 씨라고 몸땡이에 써 붙이고 나오는 것도 아니고, (도치를 가리키며) 저 사람도요 누구 씬지 몰라요.

도치	이 여편네가 미쳤나, 너 왜 이려!
막년	아버님이 그랬잖아, 양반 나리가 어머님을 거시기 허서 애를 가졌는데 당신을 낳고 나서 그 댁 마나님한테 맞아 죽었다고….
어멈	(마님 눈치 보며) 어허 마님 계신데, 그만하지 못해!
도치	그러니까 이년아, 그게 지금 무슨 상관이냐고.
막년	아씨가 아이를 가졌다고 하니까, 목숨이 두 개면 목아치(몫)도 두 개 아니냐고!
양지당	네 이년!
막년	아이구 마님, 죄송합니다! 오늘 죽는다고 생각하니 저도 모르게….
어멈	그놈의 주둥이 찢어 놓기 전에 아가리 닥치지 못해!
양지당	그만하게, 한시가 급하네. 초희를 먼저 찾아야지. 애가 죽었는지 살았는지 모르는 판에….
어멈	예, 마님.
양지당	(나서며 막년에게) 네 마음을 모르는 것은 아니다만 대사를 그르칠까 걱정되니 경거망동을 삼가거라.
막년	예 마님, 저 노비문서는….
어멈	뭐야?
양지당	어멈, 주게!
어멈	그래도 일을 치른 후에….
양지당	지 목숨 값인데 죽기 전에 만져라도 보라고 어서 주게.

어멈이 보따리에서 노비문서를 준다.

막년	(손을 떨며 받는다) 아이구 고맙습니다, 아이구 고맙습니다!

막년이 노비문서를 펼쳐도 글을 볼 줄을 모르니

양지당	이리 내거라.(문서를 보며 설명한다) 내가 너에게 70냥을 받고 도치와 그의 아들 지동이, 천동이를 모두 속량 - 풀어준다는 문서다. (다시 준다.)
막년	(겁먹고) 70냥이요?
어멈	아이고, 눈치코치는 뒷간에 버렸냐? 거짓으로 받았다 치고 이년아, 알아먹어라!
막년	(알아듣고) 아이고, 예, 마님 고맙습니다. 고맙습니다.
도치	(얼른) 돈도 주신다고 했는데….
어멈	이 사람이! 일이 성사된 다음에 주기로 하였잖아. 도적 아녀? 왜들 이려!
도치	아 예….
양지당	어서 가세!
어멈	아씨 찾아보고 올 테니 꼼짝 말고 여기서 기다려!
도치	예, 예~.

어멈이 양지당을 모시고 나간다.

5.

막년이 노비문서를 안고 바닥을 뒹군다.

막년　아이구 이제 됐다, 이제 됐어!
　　　내 새끼들 이제 되었다! 천동아 지동아 이제 되었다!
도치　어디 좀 보자.
　　　(받아 들고) 이 종이 쪼가리가 임자 목숨 값이여? 에이!

　　도치가 노비문서를 잡아들고 찢으려는 시늉을 한다.

막년　(소리 지른다) 악!

　　막년이 얼른 달려와 도치에게서 노비문서를 빼앗아 든다.

막년　(때리며) 이 늠이, 이 늠이, 이 늠아 미쳤냐 이 늠아!
도치　알았어, 그만해! 지레 죽것다.
막년　(흐느끼며) 이거 때문에 내가, 내 새끼들 면천시키려고 내가, 이
　　　늠아….
도치　알았어, 고만해라!
막년　나 죽으믄 너 정신 똑바로 차리고 살어. 또 놀음하면 내가 귀
　　　신이 돼서 쫓아올겨!
도치　고만해! 내가 임자 매품 팔러 다닐 때부터 알아 봤어. 내가 말
　　　은 안 해도 이 가슴속이 시꺼매, 웬수야!

막년	아이구 가짓말. 새장가 갈 생각에 입이 찢어진다 찢어져. 날 속여? 그래도 주막집 음전이는 안돼!
도치	왜 안돼?
막년	어이구 생각은 있네!
도치	어!
막년	가라 가. 죽으믄 끝이지. 음전이면 알고, 금전이면 모르것냐? 밑구멍이 찢어지게 가난해서 장가도 못 간 놈 만나 상투 틀고 자식 보게 했는데, 전생에 무슨 죄루다 목숨까지 팔아댄다냐. (노비문서를 주며) 잘 간수해!
도치	(가슴에 잘 넣는다.) 알았어.
막년	아씨 덕분에 우리 서방님 팔자가 피네.
도치	이제라도 물러!
막년	어림도 없는 소리! (은장도를 집어 든다) 쬐끄난 게 이쁘네. 은장도만 있고 아씨는 없고…. 이제 내가 아씨다! (가마 안으로 들어간다) 여기가 저승이네…. 그럼 이제 죽기만 하믄 되나.
도치	그렇지, 그러믄 나는 불 지르고….
막년	(가마 안에서) 불을 왜 질러?
도치	아, 불에 그슬려 놓아야 다른 사람인 줄 모르지.
막년	그럼 나는 칼 찔러 죽고 또 죽네? 으이구 징그러! (얼른 나와서 문까지 꽁꽁 닫는다.) 에이 숭해!
도치	죽으믄 뭘 알아!
막년	그렇것지, (칼을 주며) 좀 해 봐~.
도치	(피하며) 왜 이려~.
막년	(놀리듯) 복날 개새끼는 잘도 잡너만 썰러 봐!

도치	(숭해서) 내가 언제 개를 잡아?
막년	(칼로 찔러 보며) 장가는 가도 돼.
도치	(피하며) 허 참.
막년	(칼로 자신을 찔러 본다.) 임자, 우리 천동이 지동이, 사람 만들어. 노름은 안 된다….
도치	어허, 안 한다니까!
막년	(칼 쥐여 주며) 어디 찔러 봐!
도치	(해 본다.) 이렇게….
막년	(느껴 본다) 아이구 간지러라.
도치	(성의껏) 이렇게.
막년	(진짜다) 야무지네.
도치	아퍼?
막년	(섭하다) 아푸네~.
도치	(진실로) 이렇게 찔러 그럼….
막년	(화내며, 칼을 뺏는다) 하지 마!
도치	왜 화를 내?
막년	(칼을 대고) 너 똑바로 대라. 돈 받으믄 투전판에 가겠니 안 가겠니?
도치	(밀치고) 갈 거야, 간다 내가! 돈 받으믄 당장 들구 뛸걸!
막년	(칼을 던지며) 이래서 내가 못 죽어. 보나마나 자식들 다 거지로 만들 것이 뻔한데, 누구 좋으라고 죽어!
도치	그려 죽지 마! (가슴에서 노비문서를 꺼내 팽개치며)
막년	(노비문서를 주으며) 그러니까 이녁이 한 방에 죽게 찌르는 걸 알려 주라고….

도치   (칼을 들고) 그러니까 요렇게 찌르라고⋯.

막년이를 잡고 가슴팍을 찌르려다 힘 조절이 안 되어 서로 놀라 멈춘다.

도치   아이구야!
막년   어메야!

    놀란 두 사람 서로 끌어안고

막년   (놀래어) 아이구야, 나 죽을 뻔했다!
도치   안 찔렀어, 안 찔렀어, 괜찮어, 괜찮어!
막년   아이구 무서워~.
도치   (안고 쓸어주며) 무섭지, 무서워⋯. 어이구, 안 무섭다. 이제 안 무섭다!

부부가 부둥켜안고 운다.

도치   임자, 도망가자!
막년   안 돼!

도치가 막년이 입을 막고 가마 뒤로 숨는다.

도치   (소리 낮춰) 저것이 뭐여?

막년	뭐?
도치	누가 칼을 들고 오는데?
막년	뭐여? 들켰나?
도치	일을 그르친 모양인데, 어떻게 하지?
막년	(노비문서를 배 안에 넣으며) 이건 안 줄 거여. 우리 잘못이 아니잖어!
도치	잘 됐어, 핑계 김에 우리 도망가자! 너 죽고 나두 못 산다.
막년	지동이 천동이는 어쩌고? 안돼!
도치	일단, 지금은 이 죽을 자리서 내빼는겨!
	(막년을 끌고) 어서 도망가자고! 들키면 우리만 죽을 판이야.

도치와 막년이 피한다.

6.

조심스레 칼을 들고 들어오는 하길.
가마꾼들이 오자, 얼른 몸을 숨기고 가마꾼을 살펴본다.
젊은 가마꾼이 먼저 들어와
가마로 다가가 문을 열어 보려는데
늙은 가마꾼이 들어온다.

| 가마꾼 | (젊은 가마꾼 보고) 뭐 하냐? |

젊은측	(얼른 떨어지며) 암 것도 안 하는데…. 으흠 어떻게 할 거요?
가마꾼	(뒤이어 들어서 가마를 보며) 가마가 아깝긴 한데 분부대로 해야지, 돈 준다니까.
젊은측	진짜 죽여요?
가마꾼	말조심해! 사고여 사고!
젊은측	엎어치나 매치나 그게 그거지, 반반하던데 내가 데리고 살까?
가마꾼	죽고 싶으면 곱게 디져라.
젊은측	말이 그렇다는 거지…. 어디 구름재서 떨어뜨려요?
가마꾼	거밖에 더 있냐? 가자! (가마로 가며) 어이구 우라질! 아씨, 넘 서운해 하지 맙쇼. 나리 마님께서 아씨가 자결하기 어려우시면 도와드리라 하니….

하길이 칼을 들고 나온다.

하길	이놈들, 물렀거라!
가마꾼	우라질, 이 천둥벌거숭이는 또 뭐여?
하길	(칼을 휘두르며) 이놈, 우리 어머니 어쨌느냐. 우리 어머니 내놓아라!
가마꾼	(피하며) 이거 도련님 왜 이러십니까요? 아버님이 분부하신 일입니다.
하길	(칼을 흔들며) 이놈들, 어서 어머니를 내놓지 못해!
가마꾼	(피하며) 하, 도련님 다치셔요.
	(방백) 허, 이거 참! 잡아 팰 수도 없고, 밤 새게 생겼구만….
하길	(외친다) 어머니 서예요!, 하길이가 왔어요! 어서 나오세요. 어머

니!

젊은측   (칼에 베인다) 아악!

가마꾼   다쳤냐?

젊은측   아이, 이걸 그냥 확….

가마꾼   (보고) 우라질…. 도련님, 이러시면 아버님한테 경 치십니다.

하길   오냐, 경 치기 전에 너부터 당해 봐라.

    하길이 다시 칼을 휘두르며 달려오자
    가마꾼이 막대기를 주워 들고 막아선다.

가마꾼   도련님, 다치셔도 모릅니다!

하길   (찌르며) 뭐라고?! 이놈이 감히!

젊은측   (칼을 발로 찬다) 에이!

    떨어지는 칼

하길   아야! (손목을 움켜쥔다.)

가마꾼   (젊은측에게) 하지 마 이눔아!

젊은측   가만두면 우리 목 달아나게 생겼는데….

가마꾼   그런다고 양반을 패냐, 죽을라고? (도령을 달랜다) 도련님, 아버님
모셔 올 테니까 아씨랑 여기 계십시오. (젊은측 상처를 싸매며) 빨
리 가서 꿰매야지. 덧나면 지랄이다.

    달려 나가는 가마꾼들

하길이 가마를 바라본다.

꽃가마 앞에 푹 엎어진다.

하길   (가마에 엎드려) 어머니, 어머니, 하길이가 왔어요 어머니!

       꽃가마

       감감

       하길이, 가마 문을 열어 본다.

       빈 가마~

하길   (놀라) 어머니!

       (주변을 살핀다) 어머니 (찾는다) 어머니!

       어디로 가셨지? 어머니, 어머니!

       칼을 들고 찾아 나간다.

7.

       꽃가마에

       매골승이 거적을 메고 온다.

중   (몽환사 -소선시대 불교가요)

꿈속일세 꿈속일세

세상만사 꿈속일세

천상락이 조타하되

삼계가 화택이니

그도 역시 꿈속이요~~

가마를 보고 거적을 내려놓는다.

중   (가마 안에 시체를 모시고) 잠시 기다리시오! (나간다.)

8.

하길이가 초희를 업고 양지당과 어멈이 뒤따르며 들어온다.

초희   (신음한다.) 아아, 아파~

양지당   여기, 여기다가 어멈….

어멈   예, 마님.

어멈이 장옷을 펼쳐 자리를 만든다.

하길이 초희를 내려놓는다.

초희   (앙상하게) 아이구, 아퍼. 나 아퍼!

하길	(조심하며) 예, 어머니 조심할게요.
양지당	(주위를 살피며) 어멈.
어멈	예, 마님.
양지당	어멈은 누가 오나 살펴보게!
어멈	예, 마님.(나간다.)
초희	(일어나며) 어머니, 나 절 해야지.
양지당	나중에, 나중에 초희야.

　매골승이 들어오다가 몸을 숨기고 이야기를 듣는다.

하길	어머니. 어머니, 그간 얼마나 고생이 많으셨습니까?
초희	(서러워) 아이구 아퍼라….
하길	어머니, 어디가 아프세요?
양지당	어휴, 불쌍한 것. 이 밤에 사당 안에는 왜 들어갔어!?
하길	아버지를 피해서 숨었을 거예요. 저도 할머님 편지 받고 바로 오려고 했는데, 아버님이 하인을 붙여 놓아서 간신히 도망쳐 나왔어요. 할머님, 어머니를 오랑캐 땅에서 돌아오게 해주셔서 고맙습니다.
양지당	(초희에게) 초희야. 하길이가 너 끌려간 후로 우리 어머니 죽지 않고 제발 살아서 돌아오라고 하루도 빠지지 않고 치성을 드렸다.
초희	(운다) 우우우우, 하길아.
하길	(같이 울며) 우우, 어머니 돌아와 주셔서 고맙습니다. 죽지 않고 살아서 돌아와 주셔서 고맙습니다. 저는 어머니가

행여 잘못되실까 얼마나 가슴을 졸였는지 몰라요….

초희 하길아, 미안해….

하길 어머니….

초희 나 참고, 참고 또 참고 또 참아서, 많이 참아서 너 보러 왔어.
미안해, 죽을라고, 죽을라고 그랬어. 근데 보고 싶어서 왔어.
미안해.

하길 아니에요 어머니! 어머니 죄가 아니에요. 어머니를 지키지 못
한 제 잘못이에요. 이제 제가 어머니 지켜드릴게요.

양지당 그래라 초희야. 어여 정신 차리고 하길이와 함께 떠나거라.

초희 어머니 안돼. 나 살면 하길이 죽어 안돼. 가문도 죽고 다 죽어.
나 죽어야 돼! 하길아 나 귀신이야, 나 사람이 아니야.

하길 어머니!

초희 (배를 때리며) 아가야, 우리 저승 가자! 오랑캐 씨는 죽어야 돼! 우
우우우~. 하길이 봤으니 이제 죽을 거야. (비틀거리며 일어난다.)
네 아버지가 은장도 줬어. 은장도 어디 갔지? (기어서 찾는다) 에
미가 죽을게! 하길아, 너는 에미 생각하지 말고 잘 살아라!

하길 어머니, 이러지 마세요!

양지당 초희야, 아이구 내 새끼…. (잡아 진정시키며) 너는 가문과 자식을
위해 죽는다지만 이 에미는 어찌 살란 말이냐~.

초희 어머니…. (운다) 어머니 우우우우~!

양지당 초희야…! 에이 나쁜 놈들~. (눈물을 닦아주며) 초희야, 하길이가
제 어미와 살고자 하니 너도 죽는다 소리 그만하고 자식과 함
께 살 궁리를 해라.

하길 그래요 어머니. 어머니, 저는 벼슬도 양반도 다 필요없어요.

어머니 모시고 효도하면서 살 거예요.

어멈   (걱정 가득하여 들어오며) 마님, 막년이가 보이지 않습니다요. 아마
　　　 도 도망을 간 듯하옵니다. 아유, 이것들을 그냥….

양지당   그냥 놔두게.

어멈   예? 놔두라니요 마님?

양지당   사안이 급박하여 내 잠시 판단이 흐려졌었네. 내 자식을 살리
　　　　 는 일에 남의 목숨을 제물로 바친다니 이거야말로 만불성설 -
　　　　 사리에 어긋나고 이치에 닿지 않으니 설령 실행한다 하였어도
　　　　 그 악업을 장차 어찌 감당하겠는가. 그러니 그냥 놓아주게.

어멈   마님, 그러면… 아씨는 어떻게….

양지당   여기는 원래 계획대로 내가 정리 할 것이니….

어멈   (만류한다) 안 됩니다요, 마님! 아이구 어떻게 마님이….

양지당   어멈, 자네는 아무 소리 말고 초희를 잘 보살펴 주게.

어멈   아, 예 마님….

양지당   (초희를 어루만지며) 글 잘 짓고 어여쁘던 내 딸이 이리 반편이 되
　　　　 다니…. 하길아, 할미 말 잘 들어라. 나는 분에 넘치게도 오복
　　　　 을 받고 태어나 호의호식하며 살았고, 자식 효도도 받았으니
　　　　 더 바랄 것이 없구나. 이제 남은 육신으로 자식의 앞날을 밝히
　　　　 는 제물이 되고자 하니 너는 이 할미를 믿고 에미와 함께 떠나
　　　　 거라.

하길   할머니!

어멈   마님, 차라리 이년이 대신….

양지당   아닐세!

조희   (벌떡 칼을 들고 나서며) 안돼! 나 살면 모두 죽어! 나 죽어야 해!

하길	어머니, 어머니 안 죽어요, 우리 안 죽어요!
양지당	초희야, 칼 이리 내! (칼을 뺏으며) 제발 정신 차려, 이것아! 이 서방이 들이닥치면 큰일이야.
초희	(어멈 뒤로 숨으며) 어멈 나 아퍼~.
어멈	아이구 아씨!
양지당	하길아, 어서 가거라! 어멈, 어서 모시게.
하길	할머니!
어멈	마님!
양지당	초희를 잘 돌보아 주게.
어멈	(울음을 삼키며) 예, 마님.
초희	(매달리며) 어머니, 싫어. 나 어머니랑 같이 갈려!
양지당	(사람들을 재촉한다) 그래, 에미도 갈 테니 어서 가거라!
하길	(등을 대며) 업히세요, 어머니!
초희	(업히며) 어머니, 빨리 와아!
양지당	그래 어서 가~.

하길이 초희를 업고 어멈을 따라 나간다.

9.

비손으로 보내는 양지당

양지당　(은장도 보며) 천지신명님, 굽어살피소서. 가여운 내 새끼 목숨을 부지하게 지켜주소서, 비나이다 비나이다. (품에 넣는다.)

연지 찍고 곤지 찍고 꽃가마 타고
시집오던 날이 어제 그제 같은데
인생살이 죄업만 지고 돌아가니 어이 할꼬.

(수심가 중에서)
인생 일장춘몽이요 세상공명은 꿈 밖이로구나~~~.

양지당이 검불을 주워 모으다가 중을 보고 깜짝 놀란다.

중　(큰기침) 어험!

놀라 주저앉는 양지당
서로 마주 보는 두 사람
양지당이 삼배를 한다.

중　(가마로 가며) 나무아미타불 관세음보살, 갈 길은 저짝인데요. 발이 나를 이짝으로 자꾸 데불고 와요. 허, 요런 인연이 기다릴 줄은 내 몰랐네.

양지당　(가마 앞에서) 비켜 주시죠.

중　왜, 가마에 불이라도 당기고 들어가 앉으실라고?

양지당　가던 길 가시죠, 스님!

중	이리 만난 것도 인연일 터.
	(양지당의 검불을 맞잡으며) 시절 인연은 풀고 가야지.
양지당	(검불을 놓으며) 저는 스님과 맺은 인연이 없으니 풀 인연도 없습니다.
중	인연을 맘대로 푸는 사람이 칼은 왜 품고 있나?
양지당	칼을 왜 품고 있는지도 모르면 아무 말 마시고 가던 길 가세요.

양지당이 불을 당긴다.
중이 불을 끈다.

양지당	왜 이러십니까?
중	보살님, 칼 그만 내려놓고 따님 찾아가시라고!
양지당	못 갑니다
중	허허, 못 믿으시네. 오늘 밤 내가, 여길 오려던 게 아니었거던…. 그런데 참 기가 막히지. 이 밤에 보살님 앞에 있을 줄 누가 알았겠소?
양지당	저는 스님 오시라 한 적 없습니다.
중	오란 사람 없는데 이리 한데 모였으니 부처님 조화네!
양지당	부처님은 이년을 아신대요?
중	알지!
양지당	제가 왜 칼을 품고 앉았는지 아신대요?
중	다 알지!
양지당	(무너져 운다) 아이고, 내 새끼 좀 살려 주세요.

가여운 내 새끼 좀 살려 주세요.

불쌍한 내 새끼 좀 살려 주세요.

인간 고해 서러워 내 손으로 죽고자 하여도

자식이 눈에 밟혀 차마 죽지 못하였습니다.

부디 이년을 잡아가시고 내 새끼 살려 주세요!

중   보살님, 내가 똥 치워 드리고 깨끗하게 청소해 드릴 테니 걱정
        마시고 가!

양지당   제 자식은 제가 살립니다.

중   에미가 살아야 자식이 살지.

        중이 가마 문을 연다.

        시신이 보인다.

        놀라는 양지당

양지당   저, 저것이 무엇입니까?

중   불쌍한 시신이오.

양지당   시신이라니요?

중   이 여인은 본래 아들을 낳지 못하여 시댁에서 쫓겨났으나 출
        가외인이라 친정에서도 버림받고 오갈 데 없이 미쳐서 떠돌다
        가 굶어 죽은 가여운 영혼이오.

양지당   이런 세상에 불쌍해라.

중   소승은 본디 활인원 소속의 매골승으로서 혼자 외로이 죽은
        시신들의 장례를 치러주는데, 버려진 시신을 모시고 가던 중
        에 우연히 보살님의 안타까운 사연을 접하게 되니 이것이 인

연이 아니면 무엇이 인연이겠소?

양지당   나무아미타불 관세음보살….

중   이 죽은 여인으로 하여 살아 있는 아씨를 대신하려 하오!

양지당   그리만 해주시면 저희 초희가 살겠습니다만, 그리 해도 될까
        요?

중   가족들이 버렸는데, 보살님이 따님으로 삼아 주시면 죽은 영
        혼이라도 고마워할 것이오.

양지당   나무관세음보살….

        이제 곧 사위가 들이닥칠 것입니다.

중   들어서 알고 있습니다.

양지당   사위가 영민하여 의심이 많습니다. (칼을 주며) 믿지 못하면 초
        희 어미가 주더라고 전해 주십시오!

중   알겠습니다. 보살님 이제 이 일은 제게 맡기고 아무 걱정 마시
        고 가십시오.

양지당   시신의 이름이라도 알 수 있을까요?

중   광녀로 떠돌아다닌지라 이름을 알 수 없소이다.

양지당   (시신을 향해 손을 모으고) 무명의 영혼일지라도 부모 자식 인연을
        맺었으니, 내 오늘을 잊지 않고 고마움의 제를 올려 드리겠소.
        이제 이승살이 설움일랑 훌훌 털어버리고 부디 극락왕생하소
        서.

중   (합장) 나무아미타불 관세음보살….

양지당   (마주 합장하며) 스님, 고맙습니다. 잘 좀 모셔주세요.

중   천수를 누리소서, 나무아미타불 관세음보살….

양지당이 삼배를 하고 나간다.

10.

중   나무아미타불 관세음보살….
요사이 눈만 감으면 조선 팔도 여인들이 달려와 하소연을 하
길래 뭔 일인가 하였더니 구천을 떠도는 불쌍한 원혼들이 이
놈 손을 빌려 아씨 살려내라고 그랬네.
(소리조로) 꿈이로세 꿈이로세 세상만사가 꿈이로세~.
(대사로) 죽어서도 덕을 베푸니 저승길이 밝아 좋다!
극락왕생하소서!

검불에 불을 붙인다. 연기가 피어오른다.
은장도로 팔을 긁어 칼에 피를 묻히고 잘 보이는 곳에 둔 뒤
이승지 일행을 기다린다.

중   (염불) 나무아미타불~~~~~~~.

11.

가마꾼이 소리를 치며 달려온다.

가마꾼 (소리) 불이야, 가마에 불났다! 불이야!

승지가 손에 유서를 들고 가마꾼들과 함께 달려온다.

가마꾼 (놀래어) 이런 우라질, 언놈이 가마에 불을 질렀어, 누구야?
        (아까워서) 가마, 어이구, 어이구, 가마를 어째~.
        하아, 새로이 만든 것인데….
이승지 (살피며) 네 이놈! 아니 이게 무슨 일이냐?
        너는 누구길래 야밤에 남의 가마를 태우느냐?
        자초지종을 바른대로 고하지 않으면 살아남지 못하리라!
중   소승은 매골승으로 가마에 시신이 있다 하여 화장을 하고 있
        는 중이옵니다.
이승지 시신을 확인은 하였는가?
중   자결을 한 여인의 시신으로, 몰골이 참혹하여 시간을 지체하
        기 어려웠습니다.
이승지 누가 너에게 시신이 여기 있다 하던가?
중   초희 어미라 들었습니다.
이승지 (놀라며) 초희 어미!
중   (은장도를 보이며) 고인의 은장도입니다.
        혹 아는 여인이신지요?

이승지	(은장도를 받으며) 아, 이런 이것은 내 안사람의 것이 아닌가!
중	나무아미타불 관세음보살~.
이승지	(가마꾼을 보며) 가마꾼들에게 이 유서를 들려 보냈기에 불안한 마음을 억누르고 달려왔더니 이런 불상사가 있나….
가마꾼	(얼른) 예, 예, 유서를 예~.
이승지	(가마 앞에 엎어져) 여보시게, 자네 이게 웬일인가~. 밤이나 낮이나 나와 같이 부정한 여인이 살아 있는 것이 가문의 수치라고 괴로워하더니, 그예 세상을 등지고 말았구려. 자네 이리고 가면 남들은 천하 열녀라 칭하겠지만 이승에 남은 나는 어찌 살라고 이리 혼자 가 버린다 말이오?
	그대가 오랑캐에게 끌려간 뒤 심간이 에이고 애간장이 말라 내가 먼저 죽겠더니, 이제 자네 죽음을 대하고 보니 숨이 막히고 기가 막히오. 금방이라도 엎어져 죽자 하여도 하길이와 늙으신 어머니 봉양에 죽지 못하는 신세가 한스러울 뿐이오. 이제 나는 그대의 높은 정절을 세상에 알려 아녀자의 귀감이 되게 하겠소.
가마꾼	(기다리다가) 나리, 가마 값은…?
젊은측	(가마를 기웃거리며) 사람이 파리 목숨도 아니고 그렇게 쉽게 죽나…?
이승지	(큰소리로) 무엇이라! 이런 경을 칠 놈. 같으니라고! 천한 상것이 어딜 감히 양반을 능멸하느냐? 네가 진정 혼쭐이 나 보아야 정신을 차리겠느냐?!
젊은측	(엎드리며) 소인은 그냥….
이승지	(화를 부려) 이런 주리를 틀 놈. 어디 감히 말대꾸를 하느냐?

가마꾼	아이구, 나리 고정하십시오. 저것이 도련님에게 칼을 맞아 지 정신이 아니니 그저 용서해 주십시오 나리….
젊은측	(빌며) 쇤네 죽을죄를 졌습니다요, 나리.
이승지	(으름장) 아가리질을 함부로 했다가 제 명에 못 살 것이니 비명 횡사하기 싫으면 (손가락으로 입을 가리키며) 알겠느냐?
젊은측	(쩔쩔) 예, 알아 모시겠습니다요 나리….
가마꾼	고맙습니다요 나리. 그럼 이제 관아로 모실깝쇼?
이승지	아, 이런 이 내 정신 좀 보게. 그렇지, 너희들은 지금 나와 같이 관아로 가자. (다짐을 준다) 너희들이 본 바대로 열녀가 난 것을 고해야 할 것이야!
가마꾼	(맞장구) 그럼요 나리. (다짐) 저기 가마 값은 제대로 쳐 주셔야 합니다요.
이승지	(중에게) 매골승이라 했나?
중	예, 나으리.
이승지	내 활인원에 말을 넣어 상을 내리라 이를 터이니 좋은 묏자리 잡아 묻어 주게.
중	아이구 예, 나으리~.
가마꾼	(답을 들어야) 나리가 모르셔서 그렇지, 가마가 한두 푼 드는 일 이 아녀요. 나무 값이 솔찬히 올라서 곱절을 더 받아도 부족합 니다요 나리.
이승지	이 사람, 알았네. 걱정 말고 가세!
가마꾼	아이고 고맙습니다요, 나리.

이승지와 가마꾼이 나간다.

젊은 가마꾼이 따라 나가지 못하고 가마와 스님을 바라본다.

| 젊은측 | 에이 퉤! 퉤! (침을 뱉는다) 내 악착같이 벌어서 그놈의 양반 사고 말걸!
| | 흥, 어디 두고 보라지.
| | (중에게) 내 보기에 자결할 사람이 아니던데, 참으로 아씨가 자결을 하였수? 저거 빈 가마 아니오? (가마로 가며)
| 중 | (목을 잡아 쥐고) 너 아까 사당에는 왜 들어갔니?
| | 사당에서 뭐 했어 이눔아!
| 젊은측 | (기겁을 해서) 아니, 누가 들을까 무섭네. 미쳤나, 내가 양반네 사당을 왜 가것소!
| 중 | 이 무지한 놈아! 살인자가 되어 무간지옥에 떨어질 것을 부처님 은혜로 구해 주었으면 정신 차리고 앞으로는 죄 짓지 말고 살아 이눔아!
| 젊은측 | (뿌리치며) 동냥질이나 하는 중놈 주제에 누굴 나무래.
| | 네놈이나 정신 차리고 살아라! 에이 퉤! 아가리질 했다가는
| | 그놈의 절 불 확 싸질러 버릴 테니~. (나간다.)
| 중 | 허허허, 나무관세음보살~!
| | (가마를 보며) 제 명대로 못 살고
| | 원통하게 죽었어도
| | 염라대왕 문초를 받기 전에
| | 대보살의 공덕을 지으니
| | 저승길이 꽃길이로구나~

가마에 불꽃이 피어오르고

중이 동령(작은 종)을 흔들며 경을 외우기 시작하면

중   나무아미타불 관세음보살

(경을 외운다) 摩마訶하般반若야波바羅라蜜밀多다心심經경觀관
自자在재菩보薩살 行행深심般반若야波바羅라蜜밀多다時시
照조見견五오蘊온皆개空공 度도一일切체苦고厄액 舍사利리
子자 色색不불異이空공 空공不불異이色색 色색卽즉是시空공
空공卽즉是시色색 受수想상行행識식 亦역復부如여是시舍사
利리子자 是시諸제法법空공相상 不불生생不불滅멸 不불垢구
不부淨정不부增증不불減감是시故고 空공中중無무色색無무
受수想상行행識식無무眼안耳이鼻비舌설身신意의 無무色색
聲성香향味미觸촉法법 無무眼안界계 乃내至지 無무意의識식
界계無무無무明명 亦역無무無무明명盡진 乃내至지 無무老노
死사 亦역無무老노死사盡진無무苦고集집滅멸道도 無무智지
亦역無무得득 以이無무所소得득故고菩보提리薩살陀타 依의
般반若야波바羅라蜜밀多다 故고心심無무罣가碍애無무罣가
碍애故고 無무有유恐공怖포 遠원離리顚전倒도夢몽想상 究구
竟경涅열槃반三삼世세諸제佛불依의般반若야波바羅라蜜밀多
다 故고得득阿아耨뇩 多다羅라三삼藐먁三 삼菩보提리故고知
지般반若야波바羅라蜜밀多다 是시大대神신呪주 是시大대明
명呪주是시無무上상呪주 是시無무等등等등呪주能능除제一
일切체苦고 眞진實실不불 虛허 故고說설般반若야波바羅라蜜
밀多다呪주 卽즉說설呪주曰왈揭아諦제揭아諦제 波바羅라揭

아諦제 波바羅라僧승揭아諦제 菩모提지 娑사婆바訶하

불타는 가마에

암전

12.

밝아지는 무대

타고 남은 가마에 꽃이 피었다.

만삭의 여인이 들어와

바위에 앉아 잠시 쉬어간다.

여인   여기 가마가 있네?

(둘러 보며) 누가 타고 오신 가마인가?

잠시 앉아 쉬어 갈까~.

(배 안의 아이를 어루만지며 조용조용 빈다.)

은자동아 금자동아 세상천지 으뜸동아

은을 주면 너를 사며 금을 주면 너를 살까

엄마에게 보배동이 할매에게 사랑동이

이웃에는 귀염둥이 동네방네 재주동이

하늘같이 높은 아기 다 같이 어진 아기

산같이 크거라 바위같이 굳세거라

은자동아 금자동아 세상천지 으뜸동아
은을 주면 너를 사며 금을 주면 너를 살까
나라에는 충신동아 부모에는 효자동아
동기간에 우애동아 일가친척 화목동아
친구간에 신의동아 동네방네 귀염둥아
하늘같이 어질거라 땅같이 너르거라
하늘에 구름 일듯 뭉실뭉실 잘 커거라

숙영낭자傳을 읽다

꽃가마

춘섬이의 거짓말

심청전을 짓다

소녀 girl

춘섬이의 거짓말

등장인물

춘섬이

개불이

아버지

어머니

매파

관기 순향

선달

홍 대감

안방마님

초란이 (홍 대감의 기생첩)

쫑쫑이 (안방마님의 늙은 처녀종)

쉰돌이 (홍 대감댁 하인)

1. 戀(연)

백중 달밤에
너럭바위.
하늘의 달님이 보시는데
남녀의 숨죽인 사랑놀음에 억새가 휘청거리는 무대.
그 달밤에
매파가 지나다가 그 사랑 소릴 듣는다.

매파   (술을 마시며) 염병할, 아주 좋아 죽는구나.

남녀의 그림자가 얼른 숨는다.
빈 바위를 비추는 달님
매파가 바위에 올라 둘러본다.

매파   (주저앉아 술을 마시며 노래한다.)

칠월이라 칠석인 날
은하작교 가는 명절인데
은하작교 먼 먼 길에
일 년에 한 번씩 만나건만
울은 님은 어들 가고
빈 십 년 되어도 못 만나네

(송문창 〈과부타령〉 중 부분)

(무릎 잡고 일어서며) 늙어지면 못 노나니 쌔가 빠지게들 놀아라.

매파가 몸을 일으켜 나서면
억새 숲을 빠져 나가는 두 그림자
뒤이어 춘섬과 개불이 들어선다.

춘섬이   나는 오늘 네가 못 오는지 알았지.

개불이   사방이 춘섬이 네 얼굴로 웃어대는데 미치는 줄 알았다.

춘섬이   참말로?

개불이   숯가마를 들여다봐도 네 얼굴이요, 하늘을 봐도 네 얼굴이야.
         하하, 내가 아부지보고 춘섬이 네 이름을 부르더라니까~.

춘섬이   (입술을 꼬집으며) 요 입술에 침이나 발랐나.

개불이   (손을 잡아 가슴에 넣으며) 참이여, 나 가슴 뛰는 거 봐라.
         나 이러다 죽는 거 아니냐?

춘섬이   (이마를 짚어보며) 앗, 뜨거워! 호호호, 절대 안 죽것다.

개불이   내년 봄에는 혼례를 올리자.

춘섬이   우리 맘대루? 주인댁에서 허락을 해야 혼례를 올리지.

개불이   (안으며) 이것도 허락을 맡아야 하나?

춘섬이   하지 마!

개불이   (얼굴을 어루만지며 입을 맞춘다) 이것도?

춘섬이   (좋아서) 우우우웅~.

개불이   (참을 수 없이 이뻐서 춘섬을 안고 쓰러진다) 춘섬아~!

달님과 눈이 마주친 춘섬이

춘섬이　　(부끄러워) 달님이 봐….
개불이　　(끄덕인다) 알았어.

춘섬을 안고 나가는 개불이

2. 孝女(효녀)

춘섬의 집
아버지와 어머니가 이야기를 나눈다.

어머니　　(걸레질을 하며) 매파가 온다는데….
아버지　　(새끼를 꼬며) 얼마나 준다는데?
어머니　　말로는 뭐 아들만 낳으면 이것도 준다 저것도 준다 하지만
　　　　　　쥐야 주는 거지….
아버지　　허긴 말대로만 주면 이참에 싸래논이랑 다 팔아서
　　　　　　노비문서를 사믄 좋긴 허지.
어머니　　그렇게만 되믄 무슨 소원이 더 있것어요.
　　　　　　왕후장상의 씨가 따로 있나…,
　　　　　　양반의 자식만 귀하고 종년의 자식은 똥친 막대기인가.
　　　　　　암튼지 간에 준식이 데려올라믄 돈이 있어야 허지.

노비문서 사고 인형 도련님 대신 군역 간 춘섬이 오래비만 돌아오믄 그놈의 노비문서를 내 아주 씹어 먹을 거라.

매파와 춘섬이가 들어온다.

어머니   어이 와요.

춘섬이가 어머니 앞에 바느질 보따리를 내려놓는다.

매파   (아버지에게) 저녁 자셨소?
           (어머니에게) 저녁 전이믄 한 숟가락 얻어먹을라니….
아버지   우리는 쥔댁에서 한 술 뜨고 왔는데….
어머니   (보따리를 풀어 바느질거리를 살피며) 아이고, 아적도 저녁 전이믄 배고프것네요,
           저기, 감자 좀 드실라요?
매파   뭐라도 줘 봐. 배가 고파서 돌도 씹어 먹을라.
어머니   춘섬아, 감자 찐 것 갖다 드려라.
춘섬이   예~.

춘섬이가 감자를 가지러 나간다.

매파   (어머니 얼굴의 상처를 보고) 아이고 독하다.
어머니   뭐여? (상처를 의식하고) 아, 언젯적 일인디….
매파   마님이 지졌다믄서?

어머니	누가 뭘 지져요, 새삼스럽게….

춘섬이 감자를 가지고 들어와 매파 앞에 놓는다.

매파	(먹으며) 홍대감이 '이쁘다' 했다고 해서 마님이 지진 거라매….
	아니믄 뭐 춘섬 에미가 자기 손으로 지졌것어?
어머니	(치마를 주며) 춘섬아, 이거 치마허리를 다 뜯어라.
춘섬이	예~.
매파	거 뭐야, 대감이 첫날밤에 술상 들고 들어간 자네 손을 잡은
	거 보고, 마님이 인두로 지졌다구…. 당사자가 꿀 먹은 벙어리
	니….
아버지	(싫은 내색) 으험! (새끼를 꼰다.)
매파	으찌 되었건 새 신부가 질투가 나설랑 그랬다고 아는 사람은
	다 아는 걸….
어머니	다들 봤대요?
매파	봐야 아나? '쿵!' 하면 호박 떨어지는 소리지.
어머니	(춘섬을 보고) 자죽 나지 않게 조심해서 해.
매파	사람 얼굴에 인두질이라니….
어머니	에헤이, 그만해요. 애 듣는데….
매파	억울하니게 그러지. 그때도 울매나 시끄러웠든지….
	암튼 춘섬 아버지도 보통 사람은 아녀.
	누가 얼굴에 인두질한 여자를 데려가것어.
어머니	(남편보고) 고마워 죽것네….
아버지	다늘 모르고 하는 소리지.

그 인두질 덕분에 내 차지가 되었지….

매파   얼씨구! 그려 그러네. 말인즉슨 맞네.

아버지   (헛기침) 허든 얘기나 마저 허소.

매파   얘기가 뭐 있나, 인저는 이짝이 답을 줘야지.

어머니   우리 춘섬이를 봤대요?

매파   봤다니까…. 그 댁 서방님이 발써 몇 번을 들러서 다 살펴보
시고 눈에 쏙 들어설랑 춘섬이를 콕 찍어 보냈다고 몇 번을 일
러?

말이 씨받이지, 그 댁 아씨가 오늘 낼 한단 말이지.

그나마 그 자리도 아씨가 목숨 줄을 잡고 있을 때 소리지.

아씨가 죽어 나가믄 다 말짱 황이여. 이거 한 시가 급하다니
까….

어머니   글씨 아는데….

매파   알믄 어떻게, 보낸다 만다 답을 줘야지.

이게 아씨 자식이 되어야지만 되는 뭐, 양반들끼리 셈이 다 있
다는구먼….

아버지   그렇것지. 그 댁 아씨 친정이 대단한 양반댁이니 재산상속 문
제도 있것고,

아씨 자식이 되어야 떨어지는 게 많으니 셈이 복잡하것지….

어머니   징글징글한 양반 속이라니….

매파   하여튼 춘섬이도 봤대지, 아들만 낳으믄 한모가지 더해 준다
지….

아버지   그러니까 논 닷 마지기랑 돈은 데려갈 적에 일차로 주고?

매파   그렇지!

아버지	아들을 낳으믄 또 똑같이 준다는 거 아니오?
매파	오랑캐도 아니고 사람 말을 어디로 듣는 거여, 몇 번을 말해요?
	어디 그뿐이야? 나중에 유모루다가 들어앉힌다니까.
	춘섬아, 아들만 낳아 봐라. 그러믄 뭐 팔자가 바뀌는 거지.
	거기다가 양반 첩이 되믄 뭐이냐 나중에 너두 양인이 되는 거 아니냐고….
아버지	그저 그렇게만 되믄 좋은데, 주인댁에 말도 넣어야 하고….
매파	춘섬이 너 이년 난중에 나 보면 고맙다고 업구 다니지나 말아라.
아버지	먼저 춘섬이를 종에서 풀어야하는데, 돈은 언제 들어오는 거요?
매파	이런, 우물 가서 숭늉을 달래슈. 아, 사람이 먼저 가야 돈이 나오지.
어머니	그게 아니지. 먼저 값을 치러야 물건을 보내는 거지, 양반의 말을 믿어요?
아버지	하긴 그도 그렇지.
매파	아따 그래도 명색이 양반인데…. 그럼 내 가서 사정이 급하다고 말을 둘러대고 돈을 당겨 볼 테니 춘섬이 몸 간수나 잘 시켜 놓아. 처녀는 맞지?
아버지	물색없이 뭔 소리요?
매파	(말을 돌리러) 아이구 목매여, 춘섬아 물 좀….

춘섬이 나간나.

매파	아니, 양반들은 처녀지 아닌지 검사를 한다니께….
아버지	어험, 그리 의심스러우면 우리도 보낼 맘 없소!
매파	아니, 의심이 아니고 춘섬이 음전한 거야 세상이 다 알지.
	익은 음식 같아서 침 흘리는 놈덜이 많것다 해서 하는 소리
	지….
어머니	내 딸이라서가 아니라 우리 춘섬이는 지 몸뚱이 함부로 굴리
	는 애는 아녀요.
	씨받이 보낸다니까 사람이 우수운가…. 내년에 시집보낼 맘
	도 있어요.
아버지	개불이?
어머니	에그 애 들을라. 다 큰딸을 뭐 그럼 시집보낼 요량도 안 했을까
	봐요?
매파	춘섬이네! 삐치지 말고 들어 봐요. 춘섬이가 그런다는 게 아니
	고….

쉰돌이 춘섬이 아버지를 찾는다

쉰돌이	(소리) 대감마님이 들어오래여.
아버지	(얼른 나서며) 알았어!
	(매파에게) 욕 보시오. (나간다.)
매파	욕 보면 돈도 보것지.

춘섬이 물을 가지고 들어온다.

매파   (바가지를 받으며) 아유, 이쁘기두 하다.

        (마시며) 춘섬아, 니가 인자 진짜루 심청이가 될라나 부다.

        (일어서며) 내 그럼 오늘은 가고, 날 밝으면 가서 일러보고
        욕을 보든지 파투를 내든지 양단간에 하여튼 하자구.

        (나간다.)

어머니   (배웅하며) 예, 들어가요.

매파   (나가서 당부) 난중에 내 몫도 잊지나 마쇼.

어머니   (봐서) 예, 예~.

춘섬이 심사가 사나워져 치마를 펄럭이며 뒤집는다.

춘섬이   (치마허리를 뜯으며) 씨받이 꼭 가야 하나?

어머니   (달래며) 종년 팔자에 시집이나 씨받이나 다 똑같어.

        돈이 제일이지. 양반도 무서워하는 게 돈이여.

        돈만 있으믄 난중에 시집도 잘 간다.

춘섬이가 바느질감을 안고 돌아앉는다.

작게 내쉬는 한숨에

나무 끝에 차오르는 달님

3. 月(월)

무대는 너럭바위

춘섬이 느리게 걸어와

개불이랑 누웠던 자리를 어루만진다.

춘섬이   개불아, 나 씨받이 간단다.

너 언제 오냐 빨랑 와라~

(얼른 일어나 치마 속을 들여다본다) 달님 나 어째요?

오늘도 (달거리가) 안 비치네. 나 정말 애가 들어선 거야?

(손가락을 꼽아보며 임신이면) 어쩌나?

달님 어째요?

(치마 속을 살피며 씨받이도 못 가네) 엄마야 진짜 큰났다!

(너무도 멀리 있는) 개불아~~ 나 어쩌냐~.

4. 落胎(낙태)

발걸음 소리가 울린다.

춘섬이 놀라서 몸을 숨긴다.

선달 나리가 도망치듯 들어선다.

뒤를 좇는 여인(순향)의 소리.

순향	(소리만) 나으리, 나으리.
선달	(몸서리를 치며) 으이구~. (뿌리치듯 나간다)
순향	(들어서서 선달이 나간 방향을 바라보며 비명을 지른다)

악~~~~~~~~~~~~! 사람 살려주세요!!!

선달이 할 수 없이 되돌아와 멀찍이 선다.

순향	(무릎을 조아리고 앉는다) 나으리 가십시오.
	지가 가시고자 하는 것을 막는 것이 아닙니다.
선달	그러니까 순향아, 왜 이러느냐고?
순향	나으리와 저는 청실홍실 혼례를 치르고 맺어진 사이는 아니지
	만, 전생의 인연으로 수청기생이 되어 나으리를 모시게 되었
	습니다.
	이제 인연이 다하여 떠나신다고 하니 부디 빌고 비옵니다.
	(배를 안고) 제발 이 아이를 나으리 아이라고 말씀해 주시고 가
	십시오.
	아니시면 저는 살 수가 없습니다.
선달	나도 모르는 아이를 자꾸 내 아이라면 나는 어쩌니?
순향	나으리 모시고 수청을 든 날로부터 석달 열흘을 품에 안고
	한날한시도 내놓지 않으셨는데 누구의 아이겠습니까?
	헌데 나으리께서 이리 모르신다 하시면 저는 어찌합니까?
선달	그건 나도 모르지. 네가 관기가 아니더냐?

백일을 안고 뒹굴었다지만 네게 들고 나는 사내가 무수한 것이 당연지사일 터.

그래도 내 어디 너에게 싫은 소리 한마디 하드냐?

뭐냐, 에미 병구완 한다고 사나흘 다녀 온 것은 기억 안 나냐?

양인의 여인네처럼 아이 아버지 운운하는 것 그만하고

(엽전을 세어서 던져준다) 이제 그만 좋게 헤어지자꾸나.

순향	맞습니다.
선달	(일어나며) 그래 고맙다.
순향	이대로 가시면 저를 죽음으로 떠다미시는 '살인' 한가지 맞습니다.
선달	(발을 구르며) 살인이라니…! 그렇지, 요게 네 본심이지?
순향	집에 늙으신 부모에 아비 모르는 자식이 다섯입니다.
선달	어쩌라고? 나 이제 돈 없어. (남은 돈을 던져주며) 이게 다라고! 어쩌라고?
순향	지금도 부모와 자식들이 입에 풀칠도 못해서 굶기를 밥 먹듯이 하는데, 또 아비 모르는 자식을 낳으면 이제 저와 제 식구들은 굶어 죽을 수밖에 없습니다.
선달	생각을 바꿔!
순향	예?
선달	네가 죽지 말고 애를 지워!
순향	(배를 가리며) 나으리!
선달	새삼스럽게 내숭떨지 말고 지워. 너 이거 아무 쓸 데 없는 고집이다. 과거급제 하면 뭐하니, 벼슬이 없는 걸….

껍데기만 양반이여…. 순향아, 나도 힘들어.

만에 하나 내 아이라 하면 문중에서 받아주실 것이며

첩을 돈으로 들인다 한들 집이라고 방 한 칸인데 어디서 살아?

빌어먹자 해도 그놈의 가문 체면을 더럽힐까 두렵고,

날품을 팔자 허니 배우지 못해 일머리가 전무하니

나도 살길이 막연해 미치것다.

순향   나으리께 더는 아무것도 바라지 않겠사옵니다.

제발 사또께 '나리 자식'이라 한마디만 해 주시고 가십시오.

선달   어허, 거기는 더 안 되지. 매형이, 아니 사또가 뭐라겠니?

내 자식을 가졌으니 '아이구 가상하다!' 하것니?

설령 말을 한들 너와 네 자식의 돈을 치르지 않으면 말짱 꽝일

터.

괜히 흉한 소문이나 날 뿐 무슨 방도가 있겠느냐?

순향   소문도 상관없고 벌을 받아도 좋으니, 우리 식구들 굶어죽지

만 않게 제발 한 말씀만 해 주십시오.

선달   아하, 내가 매형 말을 듣는 게 아닌데….

지가 사또가 됐으믄 됐지 무슨 바람을 쐬러 오라고 사람을 꼬

드겨서 이런 수난을 겪게 하나 그래….

순향   아이를 낳을 때까지만이라도 노역에서 벗어난다면

동네 품을 팔아서 풀칠을 하겠지만

이대로는 모두 굶어 죽습니다.

선달   아니야, 못 해! 내가 호구냐? 네 말을 어찌 믿고….

법에도 있어. 한 집에 사는 기생첩의 자식만 서자로 인정한다

고….

기생의 아이는 호적에 못 올라가. 그냥 에미 따라 종놈이라고!

순향아, 내 누누이 말하지만, 나는 너하고 애를 노비에서 풀어

줄 돈이 없어!

그리고 내 자식인지 아닌지 나도 진정으로 모르니 못 해, 못 한

다고!

순향   이도 못하고 저도 못하면 방법은 하나네요.

(달려와 손을 잡아 자신의 목을 죄며) 제발 죽이고 가시오.

이대로는 못 살아요. 나는 더 이상 살 재주가 없소!

선달   (뿌리치며) 아이고, 이 찰거머리 같은 년~.

(옷도 벗어 던지고, 갓도 벗어 던지고, 보따리에 숨겨둔 돈이며 책이며 다 던진

다)

에이 다 가져가거라!

(속저고리를 벗으려다) 이건 입고 갈게, 명색이 양반인데 벌거벗고

가리?

순향이 벌렁 드러누워 몸부림을 친다.

선달   (순향을 안고 달래며) 에휴 이러지 마라. 내가 너 좋아했다.

순향아, 너 죽지 말고 살아라. 내가 벼슬하믄 다시 찾아오마.

이건 진정이다.

지금은 네가 아무리 불쌍해도 내가 힘이 없어.

이러믄 우리 둘 다 죽어. 너두 알지?

(순향의 눈물을 닦아준다. 그래도 돈 안 되는 것들만 골라 챙겨 든다)

이건 팔지도 못해, 에휴~.

나 간다. 이제 더 쫓아오면 내가 죽는다!

(순향을 보고) 죽으랴?

순향이 고개를 젓는다.

선달이 터덜터덜 나간다.

순향이 천천히 일어나 나으리 옷이며 책을 챙겨 든다.

허공에 푸닥거리하듯 있는 힘껏 메친다.

이를 악물고 주먹으로 자신의 배를 때린다.

퍽~ 퍽~.

다 팽개치고 비틀거리며 바위 위로 달려 올라간다.

몸을 던져 바위 위를 구른다.

떨어져 내려오면 다시 올라 구른다.

다시 올라 구르고 반복하는 사이

춘섬이 차마 볼 수 없어 두 손으로 눈을 가린다.

달님도 솔가지 뒤로 얼굴을 가리고.….

5. 南柯一夢(남가일몽)

홍대감의 꿈이 투사되는 무대.

초상화인양 좌정하고 앉은 홍대감의 위로

꿈이 투사된다.

"청산은 첩첩하고 녹수는 잔잔한데 황금 같은 꾀꼬리는 버드나무 가지 사이를 왕래하여 춘흥을 돋우니 경치가 빼어나 자뭇 마을다웠다. 공이 봄 경치에 이끌리어 점점 나아가니 길이 끊어지고 층층이 쌓여 있는 바위 절벽은 하늘에 닿았는데, 흐르는 폭포는 백룡이 뛰노는 듯하고, 만 길이나 되는 깊은 못에는 꽃구름이 어려 있었다. 공이 춘흥을 이기지 못하고 바위 위에 올라가 걸터앉아 두 손으로 맑은 물을 움키며 물장난을 하는데, 갑자기 번개가 치고 천둥소리에 천지가 진동하며 물결이 솟구치더니, 한바탕 맑은 바람이 일어나며 오색 꽃구름이 일어나는 곳에 청룡이 수염을 거스르고 눈을 부릅뜨며 주홍 같은 큰 입을 벌리며 공을 향하여 바로 날아들었다. 공이 혼비백산하여 어찌할 줄을 모르고 정신이 없어 몸을 급히 피하다가 문득 깨어나니 남가일몽이었다."

(원본 〈홍길동전〉 중 인용)

홍대감이 벌떡 일어서 부인을 부른다.

홍대감   여보 마누라!

쫑쫑이가 마님을 모시고 나온다.

마님   (맞으며) 대감께서 훤한 대낮에 내당에 어인 행차십니까?

대감이 급한 마음에 마님의 손을 덥석 잡고 이끈다.

홍대감   내 긴히 할 말이 있으니 어서 듭시다.

마님이 쫑쫑이를 보며 손을 잡아 뺀다.

마님   아랫것들이 봅니다.

쫑쫑이 얼른 외면한다.

홍대감   아니 그것이, (뭐라 하나) 인형이 하나로는 아쉽다 하니….

마님   예? (이게 무슨 소리) 우리 아들 인형이 아쉽다니요 대감?
        저는 아쉽다 생각한 적이 없습니다. 우리 인형이로 말하면 기
        골이 장대하고 풍모가 늠름하여 보는 이마다 신선을 대하는
        듯 우러르니 모두 집안의 자랑이라 하는데 대감께서는 '아쉽
        다' 그리 생각하셨습니까?

홍대감   부인, 내 말은 세상의 복록이 변화무쌍하여 오늘 평안타 하여
        도 내일 불행을 모를 터이니 사는 동안 서로 도울 형제가 필요
        하지 않겠소?
        아무려나 내 나중에 다 이를 터이니 (당겨 안으며) 지금은 내 뜻
        을 따라 집안의 만년영화를 이을….

마님   (밀쳐내며) 아니, 노망이 나시었소? 갈수록 말씀이 기괴합니다.
        우리 아들이 소년 급제하여 모두 칭송하는 바인데 대감께서
        이리 무망한 언행을 자행하시니 심히 염려되옵니다.

대감   내 나중에 다 이른다 하지 않소. 그러니 지금은 아무 말 말고

	여보 (서둘러) 아, 저 거 마누라도 인형과 같은 적자가 하나 더
	있으믄 얼마나 좋겠소.
	그러니 어서….
마님	(일언반구에 거절) 체통을 지키십시오. 백주대낮에 여종들이 보는
	것을 생각하지 않고, 경박한 젊은 사람의 엉큼하고 비루한 행
	실을 본받고자 하시니
	제가 깊이 대감을 생각하여 받들지 않겠나이다.

춘섬과 그 어머니가 바느질 보따리를 안고 들어선다.

대감	(춘섬이에게 손가락질 하며) 너는 사랑으로 들라! (나간다.)
마님	(기가 막혀) 아니, 대감!

어리둥절한 춘섬이
춘섬 어미가 놀라 마님을 본다.

대감	(소리 친다.) 따라 오라는데, 냉큼 들지 않고 뭐하느냐!
춘섬	(놀라서 바삐 간다) 예, 마님!

춘섬이 보따리를 어미에게 주고 나간다.

어머니	(마님 앞에 엎드리며) 마님, 죽을 죄를 지었습니다.
마님	(멸시하며) 진즉에 팔아버릴 것을….
	에미 딸년이 똑같이 화근이로다.

마님이 외면하고 들어간다.

쫑쫑이 따르고,

어머니가 기가 막혀 가슴을 친다.

6. 强姦(강간)

홍대감의 기생첩 - 초란이가 소식을 듣고 달려와 발을 동동 구른다.

그 뒤를 따라 들어오는 매파,

어머니에게 손짓으로 말한다.

매파   (손짓으로) 홍대감이 아직도 그거 중이냐?

씨받이는 물 건너갔다.

헛수고로세~ 아이구 내 돈~.

지지리 복도 없는 이년의 팔자.

춘섬 아버지가 들어온다.

어머니가 아버지에게 가라고 손짓한다.

나가는 아버지.

춘섬이 찢어진 고쟁이를 움켜잡고

치마를 끌며 나온다.

초란이 다가와 춘섬이를 쥐어뜯을 듯 두 손을 부르르 떤다.

어머니가 달려와 춘섬을 감싸 막는다.

초란이 눈을 하얗게 흘기며 나가는데 매파가 얼른 초란이를 따라간다.

얼빠진 춘섬이에게 어머니가 옷을 입혀 준다.

춘섬이   (울며) 어머니 미안해, 아~. (비틀거린다.)

어머니   (잡아서 등을 대며) 괜찮아.

춘섬이   (업히며) 어머니….

어머니   (힘껏 업으며) 다 괜찮아.

업고 나간다.

7. 개불이

그믐밤의 숯막.

개불이 나와 소변을 본다.

소변 떨어지는 소리에 몸을 감추고 숨어드는 시커먼 그림자.

돌아서는 개불이 앞에 툭 나선다.

쉰돌이   (낮은 소리로) 개불이?

개불이   (놀라며) 누구요?

쉰돌이 달려들어 개불이를 덮친다.

엎치락뒤치락 무대를 구르는 두 남자의 씨름이 끝나고

두 손이 묶인 개불이.

옷고름을 고쳐 매는 쉰돌이.

개불이   (가쁜 숨을 몰아쉬며) 누구요?

            (손을 풀려고 애쓰며) 이게 뭔 짓이요?

쉰돌이   홍대감 댁 마님이 보자신다.

개불이   마님이 왜 뭔일루다 숯쟁이를 보자신다요?

쉰돌이   모른다. 양반이 잡아 오라니 잡아 가는 거지.

개불이   잡아 오라니. 아니 내가 무슨 죄를 지었다고

            왜 날 잡아가요?

쉰돌이   그걸 알믄 내가 양반 하지, 이 밤에 숯막까지 널 잡으러 왔겠

            냐? 가자!

개불이   아무리 양반세상이라지만 이렇게 무지막지하게 이유도 없이

            잡아가도 되는 거요?

쉰돌이   억울하면 양반으로 태어나든가…. 종노릇 하기도 고달프다.

            어여 일어나!

개불이   안 도망갈 테니까 (손을 내밀며) 이거나 풀어줘요.

쉰돌이   내가 개새끼를 믿지, 사람 새끼는 안 믿는다.

            대감댁 마당에서 풀어준다. 어서 가자! 잠 좀 자자, 우라질….

개불이   (쉰돌이를 잡으며) 어서 가자매요!

쉰돌이   (발길로 찬다) 이 자식이!

개불이   (나자빠진다) 악!

쉰돌이   내가 널 때려죽여도 넌 도망치다 죽은 거여.

잡아 오라니 난 잡아갈 뿐이니까, 힘 빼지 말고 앞장서!

개불이가 앞장을 서고 쉰돌이가 뒤따르며 나간다.

8. 嫉妬(질투)

내당.
초란이와 매파가 날을 세워 들어오고
춘섬이와 춘섬 모가 들어와 자리를 잡으면
뒤이어 쉰돌이가 개불이를 데리고 들어와 선다.
개불이가 춘섬이를 보고 멈칫거린다.
쉰돌이가 개불이 등을 밀어 꿇린다.
춘섬이 개불이를 보고 싶어도 땅만 바라본다.
쫑쫑이가 마님을 모시고 나온다.
모두 마님께 절을 한다.

초란이 (뾰족하게) 마님, (개불이를 가리키며) 이놈이 춘섬이랑 붙어먹은 개
불이입니다.
춘섬이 뱃속에 든 아이의 애비 되는 놈입니다.

마님 어허, 저 저 저 주둥아리….
(개불에게) 네 놈이 재령 숯쟁이 아들 개불이냐?

개불이 (춘섬이 배 속 아이?) 예, 마님.

마님	입에 올리기 흉악스럽기는 하다만 어쩌겠느냐? 네 입에 진실이 달렸으니 숨김없이 답해야 할 것이다.

마님 입에 올리기 흉악스럽기는 하다만 어쩌겠느냐? 네 입에 진실이 달렸으니 숨김없이 답해야 할 것이다.

일점의 거짓이라도 있을 시 이 집에서 살아 나가지 못할 것이다.

개불이 소인 억울합니다. 숯 굽는 사람을 느닷없이 끌고 와 없는 말을 지어내니 답답할 뿐입니다.

아닌 밤중에 홍두깨도 아니고 제가 아이 아버지라니요.

소인은 이 자리에서 혀를 깨물고 죽어도 모르는 일입니다.

매파 아닙니다. 이년이 분명코 너럭바위에서 둘이 함께 뒹구는 것을 보았습니다.

마님 진정 너와 춘섬이 그리했느냐?

개불이 (묶인 손으로 가슴을 치며) 아닙니다, 아닙니다.

매파 저런 숭헌 놈이 있나, 어느 안전이라고 거짓말을 떠들어대어!

개불이 아니, 할망구야말로 뭔 억하심정으루다 없는 말을 지어 죄 없는 사람을 이리 골탕 먹인단 말이오?

백중날이라니 똑똑히 기억하는디 가마에서 숯을 내고 있었소. 예서 가마가 수십 리 길인데 내가 어떻게 여길 와 일을 저지른단 말이오?

마님 저는 진정 모르는 일입니다. 억울합니다.

마님 (춘섬에게 묻는다) 너는 개불이를 아느냐?

개불이 춘섬이를 본다.

춘섬이 고개를 든다.

어머니	(춘섬을 제치고 나선다) 마님, 쇤네가 말씀 드리것습니다.
	개불이 총각은 아잇적에 숯 지게를 지고 아비를 따라 다닐 때
	부터 보았습니다.
	심성 좋고 사람이 발라서 에미 마음으로 춘섬이 짝으로 눈여
	겨보았으나 이 사달이 나고 보니 입 밖으로 꺼내지 않은 일이
	되어서 안심하고 있었습니다.
	그런데 저 매파가 춘섬이를 씨받이로 보내어 한몫 벌려다 처
	지가 달라지니 그 앙갚음으로 저러는 것입니다.
매파	뭐야, 아니 그럼 내가 지금 없는 이야기를 지어낸단 말이야?
	내가 백중날 밤 너럭바위에서 둘이 안고 뒹구는 것을 두 눈 똑
	똑히 보았는데!
개불이	(필사적) 아닙니다. 거짓말입니다!
어머니	아니오, 아닙니다. 그럼 더더욱이나 앞뒤가 다른 말이지….
	우리 춘섬이가 만에 하나 그랬다 치면 매파는 어찌 그런 아이
	를 양반 댁에 씨받이로 보낼 꾀를 내었소? 처녀 검사도 한다매
	요?
매파	(당황하여) 아니 그것이….
어머니	이치가 그렇지 않소? 다 보았다믄서요. 무슨 심뽀로 양반댁 씨
	받이를 보내자 졸랐소?
	그댁에서도 아시오? 정말 본 것이 춘섬이가 맞아요?
쫑쫑이	(나선다) 마님, 제가 거기 있었습니다.

늙은 처녀 쫑쫑이가 나선다.

모두 놀란다.

쫑쫑이	마님, 지가 백중날 너럭바위에 있었습니다.
	그러나 춘섬이는 보지 못했습니다.
매파	쫑쫑이 니가? 아이구 날아가는 까막까치가 웃것다.
	거짓말입니다 마님!
쫑쫑이	내가 왜 거짓말을 해여?
매파	가중 떨지 말어!
쫑쫑이	내가 왜 가중을 떠냐고요?
	아니, 내가 서방이 있는 년이니 서방 무서워 못 가나, 왜 내가 너럭바위에 못 가요?
	내가 내 몸뚱아리로 하하호호 웃었다는데….
매파	늙은 처녀 주제에 지도 기집이라고 어휴….
쫑쫑이	늙은 처녀는 사람이 아니라?
매파	그라믄 귀신 씻나락 까먹는 소릴 하지 말고 어디 대봐? 누구여, 언놈이랑 붙어먹었냐고?
쫑쫑이	다 봤다매요. 그런데 늙은 처녀가 언놈이랑 붙어먹는가는 왜 못 보셨을까?
	(혀를 차며) 쯧쯧, 하긴 오죽허믄 늙은 기집도 아닌 매파가 달밤에 혼자서 술 처먹고 노래를 불렀것어요.
	물레방앗간으루다 너럭바위루다 남의 사랑놀음이나 뒤지구 다님서….
매파	뭐여?
마님	그만해라!

초란이가 춘섬이 배를 발길로 차며 달려든다.

초란이   너 이년, 어서 바른대로 대어라!

춘섬이   (배를 안고 비명을 지른다) 아!

개불이 춘섬이를 외면해 고개를 처박는다.

마님   (기가 차서) 저런, 저런….

초란이   (배를 꼬집으며) 이 뱃속의 든 아이가 누구 아이냐?

춘섬이   아이구 어머니, 내 배야…!

어머니   (초란에게 달려들며) 너 이년, 그 손 놓지 못해!

어머니와 뒹구는 초란이.

마님   쯧쯧쯧 에휴우…! 멈추어라!!

초란이   (몸부림을 치며) 마님, 대감의 아이를 가져도 제가 가져야지 너무
도 억울하고 분합니다.
대감을 모신 지 수년이 지났으나 아직 일점혈육이 없는데 저
춘섬이 년이 얘를 가지다니요, 가짜예요. 거짓이 분명합니다.

마님   저년이, 그 입 닥치지 못해!
춘섬이 너는 진정 백중날 개불이를 만난 적이 없느냐?

춘섬이   (배를 안고 헛구역질을 하며) 우윽~~~ 욱~~~ 마님 저는….

마님   에휴우…. 개불이도 백중날에 숯막에 있었던 것에 거짓이 없
으렸다?

개불이	(결연히) 예, 그날은 숯을 꺼내는 날이라 밤새 잠도 안 자고 새벽까지 숯을 내어서 똑똑히 기억합니다. 틀림이 없습니다.
마님	그러면 (매파를 보며) 너는 쫑쫑이 말대로 너럭바위에서 술 먹고 노래를 부른 것이 맞느냐?
매파	그것이, 백중날이라 한 잔 하고 집으로 가는 길에 사방에서 쫑쫑거리니….
마님	어허!
매파	예, 맞습니다.
마님	그렇다면 네가 백중날 본 것도 춘섬이가 정녕 맞느냐? 누구냐, 어서 대어라 쫑쫑이냐 춘섬이냐?
매파	… 그것이 늙은 죄루다 눈이 침침하여 분간을 잘 못하고….
마님	이런 요악한 것이 있나. 그저 모두 다 네년의 말지랄일 뿐 제대로 본 것도, 아는 것도 없는 년이 감히 내 집안을 우습게보고 흠집을 내려 한 것이 아니냐?
매파	에유, 살려 줍쇼 마님…!
춘섬이	(긴장이 풀려 주저앉는다) 어머니~.
어머니	(부축하며) 춘섬아!
마님	어멈은 오늘부터 춘섬이를 별당에 들게 해서 몸가짐을 바르게 하고 태교에 힘쓰도록 돕게나….
어머니	예, 마님.

춘섬이를 부축한다.

| 마님 | (쇠돌이에게) 풀어줘라. |

쉰돌이   예!

쉰돌이 개불이의 포박을 풀어준다.

마님   개불이 너는 네 아비에게 일러 이후에 숯 배달은 다른 이를 보
        내라 하여라.

개불이   (이를 악물며) 예, 마님!

마님   초란이 네 이년! 네 죄를 알렸다!

초란   아이잉 마님, 춘섬이년이 대감마님 아이를 가졌다고 하니 심
        사가 불안한데 매파가 백중날 보았다고 찔러대니 저도 모르
        게⋯. 하오나 가문을 위하는 충심은 거짓이 일절 없습니다.

마님   네 이년, 너는 분수에 넘치는 마음으로 가문에 화를 끼치고도
        아직도 변명만 일삼으니, 정녕 네가 이 집안에서 쫓겨 나고서
        야 정신을 차리겠느냐!

초란이   아니요 마님, 살려만 주세요. (입을 쥐어 잡고 손을 흔든다.)
        다시는 안 그럴 게요⋯.

마님   앞으로 또 한 번 투기로 집안을 어지럽히면 그때는 칠거지악
        을 들어 이 집안에서 내쫓길 줄 알아라!

초란이   예, 마님.

마님   매파, 네 이년!

매파   아이구, 마님 살려줍쇼!

마님   증좌도 없이 요망한 말로 무고한 사람들을 음해한 죄를 네가
        알렸다!
        다시 한번 내 집안 일을 가지고 아갈질을 할 시엔

그 입을 찢어 혓바닥을 절단 내어 후환을 없앨 터이니

너는 앞으로 그리 알고 주둥아리를 단속하거라.

매파   (절을 하여 엎어지며) 예, 마님!

마님이 나간다.

쫑쫑이 뒤를 따르고

매파와 초란이 서로 눈을 흘기며 나가고

쉰돌이 하품을 하며 나간다.

멈칫거리는 춘섬이를 어머니가 잡아끌고 간다.

개불이 어깨가 들먹거린다.

9. 거짓말

별당의 밤.

달빛이 내려앉은 별당에 춘섬이 앉지도 서지도 못하고 있다.

한 걸음 내딛다가 돌아서고 어디로 향할지 가지도 오지도 못하고

발끝에 드는 생각을 내치려 머리를 흔든다.

견딜 수 없어 부르는 달님.

춘섬   달님, 개불이가 거짓말을 했어요.

나는 개불이가 한마디만 하믄 맞아 죽어도

사실을 말하려고 했는네

개불이가 '죽어도 아니'라고 했어요.

벌 받는 게 무서워서 그랬을까요?

아니믄 내가 대감마님하고 그래서, 내가 미워서요?

세상에 설마, 그게 내 맘이 아닌데….

지도 다 알믄서, 그게 싫으믄 지가 양반 하지.

(방에 머리를 박고 엎어진다.) 아, 모르겠다.

아니에요, 개불이는 나 안 미워해요.

개불이가 울었어요. 소리만 들어도 알아요….

아니요, 진짜 모르겠어요. 마님이 개불이 오지 말래요.

지는 이제 개불이를 못 보겠지요?

달님은 참 좋겠어요. 세상천지 그리운 것 없이

다 보시고 다닐 수 있잖아요. (운다)

달님, 저는 어쩌다 기집으로 태어나 남의 집 종년이 되어 살까
요.

차라리 개미로 태어나구 하루살이로 태어나믄 맨날맨날

개불이 보러 갈 수 있잖아요.

(눈물을 닦으며) 얼굴 한 번만 더 볼 걸….

(주위를 보며) 여기서 살기 싫어요, 별당 댁도 싫어요.

(몸서리) 대감마님이 너무 무서워요.(얼굴을 가리고 운다)

(결심) 달님, 지가 도망가믄 (아니다) 잡으러 오것지요?

오대감 댁 분옥이 성님 맞아 죽은 것처럼 저도 죽일 테지요?

개불이두 어무니두 아부지도…. 휴우 도망 가믄 안 되것네요.

달님….

(배를 안으며) 얘는 어쩌요?

(비밀) 이건 아무도 몰라요. 개불이 아이가 대감마님 아이가 되어 버렸어요.

(배에다 대고) 아이야, 들어 봐라.

마님이 별당에서 살라고 할 때 번개 맞은 것처럼 네 생각이 났어.

'나만 암말 안 하믄 양반을 낳을 수 있다!'

달님, 지 말이 맞지요? 계집만 아니믄…, 아들만 되믄 이 아이는 얼자가 되는 거예요.

얼자가 되믄 종놈이 아니라 양반이 될 수도 있어요!

(배에다 대고) 아야, 들어 봐라.

춘섬이로도 내 맘대로 못 살고, 별당 댁도 넘의 뜻이지만

너는 내 마음이야! 난 너를 양반으로 태어나게 할 수 있어.

이건 너하고 나하고 짓는 팔자여. 이건 아무도 못 바꿔.

그렇지요 달님!

날 거짓말쟁이라고 욕해도 좋아요.

하지만 이 아이도 나도 진짜 참이어요.

제가 평생 거짓말쟁이가 되어서 이 아이가 종놈 신세를 면할 수 있다믄 지는 인자부터 벙어리로 살래도 살 거 같아요.

(가슴의 막힌 곳을 주먹으로 두드린다)

달님, 아이고 나는 무슨 죄루다 종년으루 태어났대요?

에휴, 그냥 콱 강물에 몸을 던져 죽고파요.

저 하나 죽어지면 다 끝나잖아요.

달님, 죽지 않고 살라니 앞이 깜깜해요. (엎어진다)

(벌떡 일어나 머리를 가다듬으며) 아니야,

계집인지 아들인지는 니 팔자이고

이눔의 양반 세상에 살라믄 반양반이라도 되어야 해.

나는 인저 입을 꿰매 붙이고 살 거야.

죄는 내가 받으면 되지.

(눈물이 난다) 평생 거짓말쟁이로 살 거여.

개불아~! (보고 싶다)

개불아~! (나 좀 데리고 가라)

개불아~! (니아들 여기 있다)

개불아~! (나 어떻게 살아?)

개불아~~~! (보고 싶어!)

10. 火爐(화로)를 업다

어머니가 화로를 들고 온다.

어머니   대감마님 드신다 하니, 어여 모실 채비 해라.

춘섬이 화로를 받아든다.

춘섬이   (부른다) 어머니.

어머니   왜?

춘섬이   그거 인두질, 거짓말이지? 어머니가 그랬지?

어머니	뭐어?
춘섬이	나두 알어, 엄마.
어머니	얘가 무슨 소릴 하는거야? 화로 뜨거워, 얼른 내려놔.
춘섬이	이제 다 알겄어. 왜 엄마가 얼굴에 인두질을 했는지….
어머니	얘가 뭔소리여? 어여 화로나 내려놓아!

춘섬이 결심한 듯 돌아서 화로를 안고 넘어진다.

다리에 벌건 숯이 튄다.

춘섬이	아이고, 어머니 뜨거워~~~!
어머니	(춘섬에게서 손으로 불덩이를 떼어낸다)
	춘섬아, 아이구, 이걸 어째. 얼른 다리 치워!
춘섬이	(다리를 치우지 않고 버티며) 아이고 뜨거워라!
	어무니, 인저 대감님이 나를 안 찾것지?
어머니	(……) 춘섬아!

화로를 잡아 치우려는 어머니.

치우지 못하게 하는 춘섬이.

어머니	(울며 소리친다) 불이야! 불이야!

11. 離別(이별)

빈 무대에

흔들리는 억새숲 사이로 개불이 온다.

너럭바위에 올라 좌우를 살핀다.

품에서 소중히 꺼내드는 보퉁이.

깊은 한숨에 고개를 떨군다.

쫑쫑이 빨래 함지를 이고 들어선다.

개불이 몸을 날려 숨는다.

쫑쫑이 뒤로 춘섬이 따른다.

쫑쫑이 (빨래 함지를 내려놓고) 천천히 와.

춘섬이 괜찮아요.

쫑쫑이 내 가서 빨래 마저 가져 올 테니 여기서 널구 있어.

춘섬이 예…. (빨래를 바위에 넌다.)

쫑쫑이 (들으라는 듯 크게) 엄마두 곧 올 거여.

춘섬이 아이고, 내가 언내여?

쫑쫑이 (누구 들으라고) 남들 눈두 있구, 우리 별당 댁이 혼자 있으믄
        남의 말 좋아하는 새 까먹은 소리하는 년놈들이
        또 뭐라고 짖어댈지 모르니까….

춘섬이 알았어요, 어이 다녀와요.

쫑쫑이 (알리듯이) 간다, 금방 올 거여~.

춘섬이 너럭바위에 빨래를 펼쳐 넌다.

개불이 보퉁이를 던진다.

춘섬이 앞으로 떨어지는 약봉지.

춘섬이   (놀라 주위 살펴본다) 이게 뭐여?

개불이   (소리만) 고약이야. 불에 데인 상처에 직효니까 잘 발러….

춘섬이   (눈물이 텀벙 떨어진다) 어어어~~~.

              (이름은 말 못한다) 개에에~~~.

춘섬이 개불이 소리 난 쪽을 찾아본다.

흔들리는 억새.

춘섬이 억새를 보고 주저앉아 고약을 안고 운다.

개불이   (억새 숲에서) 약 잘 바르고….

              (울음을 참으며) 양반집에서 굶냐?

              얼굴이 그게 뭐냐!

춘섬이   (개불이가 보고 싶어서 반쪽이 된 거여) 어어어어~~.

개불이   (사실) 난 이제 뻐꾹새가 되어 버렸다.

              양반 둥지에 알 낳고 도망치는 뻐꾹새.

              새끼 뻐꾹이에게 아버지가 네 옆에서 지키고 있다고

              뻐꾹뻐꾹 우는 새.

춘섬이   (놀라서) 알어?

개불이   알어!

춘섬이   언제?

개불이   그날 니 보자마자 단박에 알았다.

춘섬이	나 봤어?
개불이	봤지!
춘섬이	말을 하지.
개불이	다른 건 암것두 모르것고 네 생각만 했어.
춘섬이	나두.
쫑쫑이	(들리라는 소리로) 여기요 성님, 춘섬이 여깄어요!
개불이	(급하게) 난 이곳을 떠난다.
	양반들 때려잡는 도적이 될 거여, 활빈당으로 간다.
춘섬이	(운다) 우-우-우~~~.
쫑쫑이	('우리 들어간다', 소리) 별당아씨요, 빨래 다 널었소~~~?
개불이	(얼른) 아프지 말고 울지 말고 잘 살아….

억새가 흔들리는 사이로 떠나가는 개불이

춘섬이	(나도 따라 가고 싶어) 아아아아~~~!
	(얼른 배를 개불이 떠난 쪽으로 대며) 아부지다.
	저기 아부지 간다.
	아부지를 아부지라 부르지 못해도 아부지다!
	(외친다) 뻐꾹 뻐꾹~~~~~.
개불이	(소리) 뻐꾹~~~~~. (멀어진다.) 뻐꾹~~~~~.
춘섬이	아부지 소리다. (눈물을 닦는다)
	(배를 안고) 너는 세상에 태어나기도 전에 팔자를 바꿨으니
	장차 태어나믄 세상 팔자를 뒤집어엎어 불라냐?
	무엇이 되었든 네 세상을 지어 살아라.

이제 나는 종년도 첩년도 아니여. 네 어머니로 살 거야.

내가 짓는 이 세상, 내 이름은 네 어머니여~!

이건 진짜야!

어머니　　(소리 들린다) 울 강아지~. 춘섬아!

춘섬이　　울 어머니도 진짜야~

　　　　　(외친다) 어머니~!

　　　　　엄니, 나 여깄어!

어머니　　(들어서며) 왜 엄마를 불러쌌냐, 젖주랴~~?

춘섬이　　엄마~~~~!

둘이서,

엄마와 딸이

마주 보고 웃는다.

쫑쫑이도 들어와 따라 웃는다.

그렇게 웃으며….

끝.

가장 낮은 곳의 사람들을
가장 따뜻하게 품는 작가

배선애(연극평론가)

김정숙 작가이자 연출가는 극단 모시는사람들의 대표다. 극단 이름이 고스란히 김 대표의 성정을 담고 있는 것 같다. 누군가를, 혹은 어떤 것을 '모신다'는 태도와 자세가 김 대표를 닮았기 때문이다. 어딘가 정성스럽고 공손하며 경건함도 느껴지는 모시는 태도는 김정숙 작가의 모든 작품에 일관되는 특징이기도 하다. 그로 인해 희곡을 읽을 때도, 공연을 볼 때도 한껏 모심을 받았다는 위로와 위안을 받게 된다. 그러니 '모시는 사람들'은 작가이자 대표인 김정숙 작가의 성정을 가장 잘 드러내는 명칭인 셈이다.

이번 희곡집 『조선여자전』에는 모두 다섯 작품이 게재된다. 〈숙영낭자 傳을 읽다〉, 〈심청전을 짓다〉, 〈소녀 girl〉, 〈꽃가마〉, 〈춘섬이의 거짓말〉. 엄밀하게 〈소녀 girl〉은 조선시대가 아니라 현대가 배경이기 때문에 '조선 여자전'은 '조선의 여자'가 아니라 '조선+여자'의 의미로 해석된다. 조선이 라는 과거를 가져온 것도, 그중 특히 여자를 강조한 것도 모두 작가의 특별 한 의도가 배어 있다. '조선여자전'의 다섯 편을 통해 김정숙 작가가 누구를 어떻게 모시려고 하는지 좀 더 면밀하게 살펴보기로 한다.

조선으로 은유되는 권력과 제도

시대적 배경을 '조선'으로 잡은 것은 여러 가지 중첩된 효과를 낳는다. 우선 강력한 신분제도는 상하관계의 권력을 선명하게 각인시킨다. 공인된 제도 속에서 용인된 권력을 행사하는 자들의 몰염치가 강조되며, 그 아래 억압당하고 희생되는 존재들이 부각된다. 거기에 유교를 기반으로 한 조선의 규율은 상대적으로 여성에게 야박하고 각박했기에 이를 통한 제도의 불합리를 환기한다. 그로 인해 조선시대 이야기라고 생각하면서 지금과 동떨어진 과거라는 거리감을 기반으로 하고 있지만, 그럼에도 권력과 제도 아래 억압된 존재들에 대한 동질감을 발견하는 효과를 창출하게 된다.

조선을 배경으로 했을 때 조선을 가장 잘 활용한 작품이 〈꽃가마〉이다. 설렘과 희망이 연상되는 '꽃가마'가 실은 여인들의 죽음을 종용하고 묵인하는 '꽃상여'임을 보여주는 작품이다. 병자호란 당시 청으로 끌려갔다가 돌아온 일명 '환향녀(還鄕女)' 초희는 부정하다는 이유로 집에서 내쳐질 뿐만 아니라 자결을 종용받는다. 청나라에서 겪은 수모로 정신이 오락가락하는 초희는 아들에 대한 그리움, 뱃속 아기에 대한 미안함이 섞여 있으면서도 가문을 위해 자진해야 한다는 남편의 말을 거부하기 힘들다. 선뜻 자결하지 않는 초희를 죽이고 자결로 위장하기 위해 남편 이승지는 가마꾼과 짜고 초희를 납치하지만 여러 사람의 도움으로 새로운 삶을 기약하며 초희는 아들과 모친과 멀리 떠나게 된다.

나라가 지켜주지 못했고, 나라의 존립을 위해 희생되어야 했던 초희였지만 그것에 대한 보상은커녕 더러운 존재라는 오명에 더해 죽음을 강요하는 현실은 불합리하기 그지없다. 남편 이승지가 초희를 억압하는 제도이자 조선 그 자체라면, 초희를 살리고자 하는 사람들은 그런 권력과 불합리에 맞서는 존재들이다. 특히 주목되는 인물은 초희의 모친인 양지당이다. 딸을 살리기 위해 딸 대신 죽을 노비를 물색했고, 노비문서와 돈을 건네주며 여종의 목숨을 샀다. 양반이 노비의 목숨을 거래하는 것은 신분제 조선에서는 특별한 일이 아니기에 딸을 살리겠다는 일념 하에 양지당은 최선의 방법을 택한 것이다. 그러나 죽음을 맞닥뜨린 딸을 보며 사람의 목숨은 누구에게나 귀하다는 발견을 하게 되면서, 도망간 막년과 도치를 더 이상 찾지 않는다. 양지당의 이러한 각성은 매우 중요한 포인트다. 양반 스스로 노비의 목숨도 소중하다는 인식의 전환을 한다는 것은 조선시대에서는 매우 어려운 일이기 때문이다. 아내를 죽여 열녀로 위장하려는 양반이 있는가 하면 생명의 소중함을 깨닫는 양반이 있다는 것은 조선시대를 배경으로 했기 때문에 강조되는 부분이다.

이승지와 양지당의 상반된 바람은 매골승(埋骨僧. 뼈나 시체를 땅에 묻는 일을 하는 승려)에 의해 해소되는데, 초희를 대신한 시체 또한 조선이라는 제도에 희생된 존재였다. 아들을 낳지 못해 쫓겨나 정신을 놓아버린, 그래서 여기저기 떠돌다 굶어죽은 여인이었던 것이다. 혼례식의 설렘과 기대를 담아야 하는 꽃가마는 그렇게 조선의 제도 속에서 허망하게 죽어간 여인의 꽃상여가 되었다. 〈꽃가마〉는 병자호란과 결합한 조선이 강력한 권력과 제도로 작동했고, 그것에 희생된 존재들이 어떻게 생명을 귀히 여기며 서로를 보듬는가를 잘 보여주었다.

〈춘섬이의 거짓말〉역시 조선이 권력과 제도로 중요하게 작동하는 작품이다. 춘섬은 잘 알려진 작품의 주요 인물이지만 의외로 아는 사람이 드물다. 바로 홍길동의 어머니가 춘섬이다. 춘섬이가 길동을 어떻게 잉태하

게 되었는가, 그 아버지가 누구인가를 보여주는 〈춘섬이의 거짓말〉은「홍
길동전」의 프리퀄에 해당한다. 신분제도의 문제점을 노골적으로 지적하
고 있는「홍길동전」을 떠올려보면 이 작품 또한 자연스럽게 신분제도를
문제 삼고 있음을 알 수 있다.

홍대감댁의 여종인 춘섬은 숯장이 개불이와 사랑하는 사이지만 부모는
양반집에 씨받이로 보내서 아들의 면천을 도모하고자 한다. 그 와중에 길
몽을 꾼 홍대감이 부인과 잠자리를 하고자 하였으나 백주대낮에 망령이라
며 타박을 받았고, 분기탱천한 기운을 가누지 못한 홍대감은 눈앞에 있는
춘섬을 데리고 가서 강간한다. 이때 이미 춘섬은 개불이의 아이를 임신했
는데, 홍대감의 강간 이후 임신 사실이 밝혀지면서 누구의 아이인지를 추
궁당하게 된다. 잡혀온 개불이는 절대 춘섬이를 만난 적이 없다고 부인했
고 그 모습을 본 춘섬은 개불이의 눈빛에서 슬픔을 읽어내며 공감한다. 춘
섬이에게 마지막 인사를 고한 개불이는 활빈당을 찾아 떠나고 춘섬이는
개불이의 아이를 홍대감의 아이로 키우겠다고 결심하게 된다.

홍대감의 영험한 꿈을 통해 홍길동이 잉태되었다고 설명하는 원작을 춘
섬이 중심으로 비틀어 내면서 사랑을 실현하지 못하는 신분제도의 장벽,
혈육에 대한 양반들의 위선과 횡포 등을 부각시켰다. 조선은 홍대감과 안
방마님으로 대리되어 사랑도 미래도 뺏어버리는 억압기제로 작용하지만,
그 고통의 상황에서도 사랑에 대해, 삶에 대해, 미래에 대한 희망을 잊지
않는 것이 이 작품의 큰 미덕이다.

혼례를 준비하는 규방 속 여인들을 그려낸 〈숙영낭자傳을 읽다〉는 조
선시대 여인들에게 강요되던 관습을「숙영낭자전」을 빗대서 이야기하고
있으며,「심청전」이 지어진 경위를 보여주는 〈심청전을 짓다〉 또한 여인
들이 따라야 했던 수많은 덕목들의 허위와 모순을 들춰내면서 삶의 본실

이 무엇인가를 보여주고 있다. 이렇듯 조선을 배경으로 한 작품들은 신분 제도와 유교적 규칙들을 전면에 내세우면서 그로 인해 희생되고 억압받는 여성들을 주목했다. 조선이라는 과거의 이야기이지만 여인들의 삶에 적극적으로 공감되고 그들을 응원하게 되는 것은 각 작품의 문제의식이 과거의 이야기로 국한되지 않는 현재성을 담보하고 있기 때문이다.

가장 비천하고 낮은 사람들의 연대

어느 시대를 배경으로 삼든 김정숙 작가의 시선은 언제나 늘 가장 아래를 향해 있다. 조선시대에는 다양한 노비와 스님, 여성 등 비루하고 하찮은 존재들에 주목했고, 현대를 배경으로 한 〈소녀 girl〉에서는 위안부를 중심에 두었다. 〈꽃가마〉의 초희처럼 나라가 지켜주지 못한 존재인 위안부는 여러 예술작품에서 다양한 방식으로 다루어졌는데, 〈소녀 girl〉은 마치 한 판 굿처럼 해원을 지향한다는 점이 중요한 특징이다.

느닷없이 미얀마에서 찾아온 여인 마얀, 그녀가 가져온 유해를 마주한 사내는 당황스럽다. 마얀이 얘기하는 조부모 이름과 고향 이름은 정확하게 맞는데, 가족이 사방팔방으로 찾아다니던 고모가 미얀마에서 왔다는 것이 믿기지 않았기 때문이다. 장례를 치르면서도 고모인지 의심하는 가족들에게 마얀은 자신의 양어머니였던 소녀의 이야기를 들려준다. 열두 살에 사라졌던 소녀는 위안부가 되어 하루 40~50명의 군인을 받았고, 해방 이후 집안에 흉이 될까봐 한국으로 돌아오지 못한 채 미얀마에 정착하게 되었으며, 거기서도 마치 자신의 처지를 닮은 버려진 아이를 거두고 키웠다는 것이다. 마얀으로부터 전해들은 소녀의 이야기에 모두들 숙연해지면서 평생 동안 쌓였던 소녀의 원한을 씻어주려는 듯 상여소리와 아리랑으로 소녀의 장례는 마무리가 된다.

누구에게도 환영받지 못했고, 존재 자체도 인정받지 못했던 위안부. 그 실체를 알게 되면서 자신도 모르게 드는 죄책감은 서로 의견이 달랐던 가족들을 하나로 만들었다. 위안부의 실상을 재현하는 대신에 소녀의 은혜를 입은 딸의 입으로 전해주는 것은 오히려 더 끔찍하고 처절했기에 공감의 파급력이 컸다. 지켜주지 못해서 너무나 미안한 소녀, 그 소녀가 마음 편히 날아갈 수 있게 함께 부르는 아리랑은 소녀의 해원이자 위로였다.

〈심청전을 짓다〉는 「심청전」이 만들어진 배경과 과정을 가상으로 설정한 작품으로, 「심청전」에 대한 일종의 메타드라마이다. 원작의 심청이 워낙 가난했고 힘들게 일상을 영위했던 인물이기에 이 작품에서도 심청이를 기억하는 사람들은 미천한 존재들이다. 인신공양으로 결국은 심청을 죽음으로 몰아넣은 죄책감을 덜고 심청의 극락왕생을 기원하려는 남경상인이 심청의 친구인 귀덕이와 귀덕이 엄마에게 부탁해 성황당에서 심청의 제사를 지내게 된다. 마침 급하게 쏟아지는 비 때문에 성황당에는 여러 사람들이 모이게 되는데, 열녀가 되길 강요하는 시댁에서 도망친 아씨와 그 몸종 만홍이, 잠시 비를 피하러 들어온 양반과 선달, 그리고 심청의 제사를 지내기 전 죽은 어머니를 성황당 제단 밑에 숨겨 두었던 개동이. 양반부터 노비까지 다양한 신분의 사람들이 모인 성황당에서 자연스레 심청을 이야기하면서 모두의 사정이 공유된다.

그들의 공통 키워드는 죽음이다. 죽은 자를 위로하고 기억하는 사람, 이미 죽은 사람, 죽기를 강요받는 사람. 인물들이 죽음을 공유하고 있기 때문에 의도하지 않았으나 자연스럽게 특정한 목표로 합의가 이루어진다. 죽은 자는 귀히 대접해 좋은 곳으로 보내주고 산 사람은 살아야 한다는 것. 그 목표를 위해 인물들은 머리를 맞댄다. 자신의 죽음으로 열녀가 되어야

하는 아씨는 남경상인을 따라 중국으로, 호화롭게 모시며 초라한 삶을 산 어머니를 장례로나마 보내드리고 싶은 개동이는 어머니의 시체를 마치 아씨인 듯 위장하기로 한다. 아버지를 위해 목숨을 버린 심청의 이야기에 감화받은 덕분인지 더 이상 아까운 목숨을 버릴 수 없다는 간절함에 양반과 선달도 공감하면서 일의 매조지까지 확실해졌다.

모두 떠나고 성황당에 남은 귀덕이는 이렇게 선한 영향력을 행사한 심청을 기억하기 위해 이야기를 지으며 기록한다. 그 기록의 제목이 '심청전'이다. 열녀에 대한 강박, 비천한 죽음에 대해 가장 낮은 사람들이 가장 숭고한 방법으로 연대하면서 목표를 성취했다. 인물들이 할 수 있는 한에서 최선을 다하는 모습에 다행이라며 안도의 한숨이 절로 나오는 것은 그만큼 그들의 연대에 대한 공감이 컸기 때문이다.

〈숙영낭자傳을 읽다〉는 규방 속 여인들의 다양한 모습을 형상화하고 있는데, 그들의 연결고리는 아씨의 혼례와 「숙영낭자전」이다. 마님을 비롯해 막순이까지 다양한 신분의 여인들이 모두 모인 규방은 아씨의 혼례 준비로 바쁘다. 얼굴도 모르는 사람과 혼인을 해야 하는 아씨는 염려의 기색을 내비치고, 사람들은 평소 글을 잘 읽어주던 아씨에게 「숙영낭자전」을 읽어달라고 요청한다. 바느질, 다듬이질에 바쁜 여인들은 아씨의 이야기를 들으며 각자의 방식으로 이야기를 읽고 듣고 감상하면서 밤이 깊어간다.

이 작품의 인물들에게는 특별한 사건이 직접적으로 일어나지 않는다. 그러다 보니 그저 하룻밤 바느질과 혼례 준비로 바쁜 규방의 모습을 스케치한 듯 단조로워 보인다. 그런데, 이렇게 평온해 보이는 인물들이 뜨거워진 것은 「숙영낭자전」을 읽을 때이다. 사랑을 중심으로 모함과 자살, 환생으로 이어지는 숙영낭자의 파란만장한 이야기는 제각각 감상의 포인트가 다르고, 숙영낭자가 처한 상황의 모순과 비극은 고스란히 규방 여인들의 현실로 다가온다. 혼례를 치르지 않고 부부가 된 숙영에 대해 마님은 혼례를 치러야 한다는 것을 재차 강조하고, 숙영과 백선군의 뜨거운 애정 장면에는 섭이네의 귀가 쏠린다. 계략을 꾸민 매월이를 질타하는 어멈과 과수댁, 숙영낭자처럼 사랑과 혼인이 하고 싶은 막순이 등 숙영낭자의 이야기가 진행되는 것에 따라 인물들은 서로 다른 반응을 보인다. 물론 아씨가 읽어주는 설정이지만 무대에는 백선군이 등장하여 「숙영낭자전」의 중요 장면들이 재현되는데, 이로 인해 밋밋할 것 같은 분위기가 급전환되면서 규방은 이야기의 공간으로 바뀌며 활기와 역동성이 부여된다.

혼인이라는 것, 사랑이라는 것이 조선시대 여인들에게 어떤 의미인지를 다채롭게 보여주는 이 작품은 규방이라는 한정된 공간 속에서 주체적일 수 없는 혼인과 정절에 대한 현실적 압박을 소설을 빌려 구현하고 있다. 서로 다른 신분에 서로 다른 성격을 띠고 있지만 여성이라는 약자의 유대감은 화로불의 따뜻함처럼 서로를 격려하고 이해하는 모습으로 나타나는 것이 이 작품의 특징이다.

〈꽃가마〉, 〈춘섬이의 거짓말〉에서도 초희와 양지당을 살린 것은 떠돌이 스님처럼 미천한 존재였으며, 춘섬이가 비록 거짓이지만 사랑하는 사람의 아이를 품을 수 있었던 것도 늙은 종 쫑쫑이 덕분이었다. 아무것도 가진 것 없고 가장 미천한 신분의 존재들이지만 인간을 긍휼히 여기는 마음, 상대에 대한 측은지심은 어느 누구보다 깊고, 그로 인해 서로의 유대와 연대가 자연스럽게 이루어지는 결과를 만들어낸다. 이것은 다섯 편의 작품에서 한결같이 발견되는 김정숙 작가의 특징이자 세상을 바라보는 작가의 가치관이 적극 반영된 것이라고 할 수 있다. 작품이 끝났을 때 훈훈한 기운이 느껴지고 누언가 위로받았다는 편안함이 드는 것은 인간을 존중하고 약자를 보듬는 작가의 심성이 같이 느껴졌기 때문일 것이다.

원작 활용 극작술의 장점

다섯 편의 작품을 놓고 볼 때, 극작술의 측면에서 눈에 띄는 특징은 원작을 활용했다는 점이다. 〈숙영낭자傳을 읽다〉에서는 「숙영낭자전」, 〈심청전을 짓다〉에서는 「심청전」, 〈춘섬이의 거짓말〉에서는 「홍길동전」이 활용되었다. 이 중에서 원작이 직접적인 장면으로 만들어진 것은 〈숙영낭자傳을 읽다〉이고 다른 두 작품은 원작을 둘러싼 설정이다. 〈심청전을 짓다〉에서 심청은 이미 현실 속에서 죽은 인물이고, 그런 심청의 갸륵한 심성과 태도를 기리고자 심청전을 짓게 되었다는 것을 가정하였다. 〈춘섬이의 거짓말〉은 홍길동이 누구의 자식이고 어떻게 태어났는가를 춘섬이를 중심으로 보여주고 있다.

원작을 적극적으로 패러디하거나 재창작하기보다는 창작 모티프 혹은 사건의 중요 계기로만 활용한 것이 김정숙 작가의 극작술에서 발견되는 특징으로 규정될 수 있는데, 이는 여러 가지 장점으로 효과를 발휘하고 있다. 우선, 작품에 대한 친근함을 전제한다. 심청이나 홍길동은 우리에게 너무나 익숙한 존재들이다. 구체적인 내용은 잘 모르지만 숙영낭자도 들어본 이름이다. 새삼 어떤 이야기가 펼쳐질지에 대한 긴장감보다는 익숙한 이야기에 대한 기대로 작품을 접하게 된다. 두 번째는 자연스럽게 호기심이 유발된다는 점이다. 「심청전」을 짓는다고? 누가? 왜?(〈심청전을 짓다〉) 춘섬이라면 홍길동 엄마? 춘섬이가 왜 거짓말을? 누구에게?(〈춘섬이의 거짓말〉) 「숙영낭자전」을 누가 왜 읽지? 왜 「숙영낭자전」일까?(〈숙영낭자傳을 읽다〉). 이런 호기심은 작품에 대한 기대를 불러일으키며 앞으로 진행될 이야기에 주목하게 만든다. 세 번째는 활용의 의도와 목적이 정확하게 파악된다는 점이다. 심청이 실제로 죽고 없는 설정은 그 선한 태도의 영향력이 사람을 구하는 것으로 귀결되어 원작 속 심봉사의 개안에 버금가는 개운함을 안겨준다. 홍길동 엄마 춘섬이는 비록 사랑을 이루지는 못했지만 그 결실인 아기를 지켜냄으로써 부당한 폭력을 주체적으로 마주한다. 「숙영낭자전」은 혼인을 준비하는 아씨와 주변 여인들이 사랑과 혼인에 대한 제각각의 사유를 하게 만든다. 이런 장점들이 발휘되어 이 작품들은 익숙한 듯하면서도 전혀 새로운 작품이 될 수 있었다.

원작 활용 여부를 떠나 다섯 편의 작품들은 예스러운 말맛과 정서가 잘 구현되어 있다. 고어를 적절하게 사용하는 것은 기본이고, 필요에 따라 타령과 노래, 불경 등이 배치되어 언어의 리듬감을 확보하고 있다.

> 어멈　우리 아씨 잘 사시라고 정성이면 정성이요, 치성이면 치성, 어느 것 하나 빼지 않고 바느질 땀땀이 축수하며 지은 옷이니, 저 옷 입고 혼인하시면 만복이 깃들어 부부간에 금슬화해하고 가정에 지혜와 복덕이 햇살처럼 스미어 안락화목하게 될 것이어요. (〈숙영낭자傳을 읽다〉, 18면)

인용문은 어멈이 지은 옷에 감탄하는 아씨에게 어멈이 어떤 마음으로 옷을 지었는지 화답하는 대사인데, 눈으로 글자를 읽는데도 축수의 주문처럼 저절로 리듬을 타게 된다. 특히 〈숙영낭자傳을 읽다〉는 규방 여인들이 중심이기 때문에 다양한 규방가사와 노래들이 배치되는데, 이를 통해 조선시대 규방의 분위기나 노동하는 여성의 감정이 풍성하게 전달된다. 김정숙 작가의 연륜과 인물에 대한 관심이 반영된 결과이면서 동시에 김정숙 작가만의 개성있는 독자적 특징이라고 할 수 있다.

'조선+여성'으로 묶인 다섯 편의 희곡은 가장 낮은 곳에 있는 사람들이 주인공이고, 그들이 공감하고 연대하면서 권력과 제도의 문제들을 극복하고 해결하는 것을 확인할 수 있다. 조선시대를 배경으로 하지만 왕이나 영웅이 하나도 없으며, 권력 찬탈에 주목하지도 않았고, 오로지 소외되고 억압받으며 억울하게 희생된 존재들에 주목했다는 것, 그래서 약자로서 제목소리를 낼 수 없던 존재들의 목소리를 형상화함으로써 지금의 우리에게도 공감과 큰 울림을 주는 것. 바로 이 점이 김정숙 작가의 빛나는 부분이다. 가장 낮은 곳에 있는 사람들을 가장 따뜻하게 품는, 가장 공들여 정성스럽게 모시는 작가. 앞으로도 오랫동안 김정숙 작가의 이 따뜻한 품을 여러 작품을 통해 만날 수 있기를 기대한다.

모들희곡신서116

조선여자전

등록 1994.7.1 제1-1071
1쇄 발행 2024년 12월 31일

지은이 김정숙
펴낸이 박길수
편집인 소경희
편집 · 디자인   조영준
관   리 위현정
펴낸곳 도서출판 모시는사람들
        03147 서울시 종로구 삼일대로 457 (경운동 수운회관) 1306호
전   화 02-735-7173 / 팩스 02-730-7173
홈페이지   http://www.mosinsaram.com/

인   쇄 피오디북(031-955-8100)
배   본 문화유통북스(031-937-6100)

값은 뒤표지에 있습니다.
ISBN   979-11-6629-216-3   03810

이 책은 서울특별시 서울문화재단 '2024년 창작집 발간지원 사업'의
지원을 받아 발간되었습니다.